茶与自然

陈鹏举 著

上海三联书店

序

陈鹏举

　　这本小书,是我写过的序的集子。一晃二十多年了,记得写过近百篇序,给人写的,还有给自己写的。这里集了大概有六七成吧。

　　这些序,有的关于文学、诗词,有的关于艺术创作和鉴赏,还有关于人物的,等等。我家里兄弟少,又是记者,乐于交朋友。我是诚心诚意交朋友,看来诚心诚意,人家都是能体会到的。有那么多人,对我有好感,有信心,愿意在他们的著作里,留下我的一点文字。命我写过序的,有我的前辈,也有我的学生。大多有深交,也有至今没见过的。我是内心感恩的。我把文字看成我人生的主要意义,怎能不感恩以文字和我定交、和我结缘的人?

序怎么写?序里面有什么必需的文字?命我写序的人,都说没要求,随我。这让我感觉轻松,就这样二十多年,写过来了。

序,如是叙述,自然不难,有一颗由衷的心,就能写下来。如需评论呢?就有个度的问题了。美誉有失诚恳,毒舌是绝对不许可的。今人浮躁,时不时捧煞、棒煞,感觉过瘾,感觉自己很锐利、很直率,其实是托大了。一个再简单不过的问题,是绕不过去的。那就是:你是谁?你看破什么了,竟然可以评判所有。捧煞也好,棒煞也好,问题是真正敬畏文字的人,是不敢发违心之论,和妄悖之言的。

我就不敢。我生来不如人,缺乏知人之智,又缺乏自胜之力,只是个平庸的人,自然不具备发现天才的能力,也不具备确认蠢才的能力。所以捧煞所谓天才,棒煞所谓蠢才的事,我是不敢也没资格做的。我能做的,只是诚实地写出我的感觉。

二十多年了，我这人缺乏知人之智、缺乏自胜之力的弱点，发现在这些序里，随处可见。文学也好，艺术也好，为人也好，不论对前辈、对后生来说，其实都在艰辛前行的路上，要说到达，只是一种希望。所以，所有的有关文学、有关艺术，和有关为人的文字，就都只是和只能触发读它的人的一些感叹和感想而已。我写的序，现在看起来，也就是写出了我的感叹和感想。那些感叹里，有我对文学、艺术和人的经历的动情之言。那些感想里呢？有我对文学、艺术和人的未来的不灭的希望。缺乏知人之智，我写的序里，一直会误解作者的原意。缺乏自胜之力，我只能写出我某一时刻的感叹和感想。所以，我在这里，要对命我写序的所有原作者致歉。我其实辜负了你们，我没能走进你们的文字和内心，我只是借着你们酿的美酒，浇了我自己的块垒。还很遗憾的是，这个致歉是迟到了，最长的甚至迟到了二十年。

我想命我写过序的你们，都有机会见到上述的文字。在此,请允许我以上述的文字,作为这个名为《序与自序》的小书的序。

2017.8.24

目 录

序一

序二

自序

序

云间鹤唳

——序《程十发捐赠松江书画作品集》

程十发先生是 20 世纪后 30 年间的一位中国画大家。他的出现,标志着具有悠久历史和人文意义的中国画艺术,在当代可以到达的高山仰止的地位。他的离去,标志着最后一抹中国文人画的光辉,令人流连地载入历史。

中国历来的文人和艺术家,留给后人的不仅仅是文化和艺术,同时留下的,是他们的人品和学养、理想和壮志。历来深受后人景仰的文人和艺术家,总是具有伟大的人格力量,还有超凡的学问和见识,程十发先生也是这样一位艺术家。程十发先生是画画的,他把一生的聪明才智都献给了中国画,他的一生除了画画以外,所有的学习和修为,其实都是在蓄养清气,陶冶心情,最终唯有他具有的清气和心情,都流淌在了他的画里,也长存在了画里。所有与他同时代的画家还有和他交往过的人,都感受和惊奇他的冰雪聪明,他的一双眼睛可以穿透人心。和人交往和相处,他从来不说一个"不"字,他总是可以找到委婉得体,又不失机趣和警示的语言,来表达自己的情感和主张。他觉得所有的人,其实父母给予的道德底线和理解能力还是够用的,他感觉人生应该也可以在一种温文优雅的氛围中经历。

一路走来,他盼望留下许多好听好玩的故事,像一幅幅气韵生动的画,隔了一些年翻阅起来,仍然赏心悦目。他的这些冰雪聪明的感觉和主意,也在他的画中流淌开去。他画中的线条,谁都明白是风中和梦中最美的线条。说他的画是庄生梦见的蝴蝶飞舞的状态,还不如说蝴蝶梦见了庄生忘情的状态。甚至可以说,他是最后一个真正看透中国画水墨所具有的无限可能性的画家。他的聪明与生俱来,也得之于后来的读书和行路。他从云南少数民族女子的曼妙裙裳，还有"小河淌水"那样的旖旎歌唱里，寻找到了只属于他的感动，寻找到了只属于他的画的景象和境界。在他生前，我在一篇文章里写过，他"是中国文人画的最后的光辉"。像他这样的画家，在他以前，上溯到百年千年，应该说是星河灿烂。到了他，已经时异情变。他去了以后，这样的画家，实在是很难见到了。

程十发先生相信"上善若水"。他做人画画，都沉浸在流水花开的自然状态里。然而他有自己的坚守。二十年前，旅居海外的一些画家扬言要改写中国绘画史，我在一篇文章里表示了异议。程十发先生读到了，笑着对我说，"这回你怎么发火了？"接着他自己回答说："关系到民族性了，是该发火！"这就是我们同时代的前辈画家程十发先生。向往"悠然见南山"的中国文人和艺术家，"刑天舞干戚"的猛志，是从来不会消解的。

程十发先生是松江人。他出生在松江，直到他去世，他对家乡的眷恋从没停息。松江曾经是上海的昨天,上海的历史是由松江承载的。松江历来是人文荟萃的地方,它所具有的人文传统,就像"玉出昆冈"那样祥瑞、温润和光彩夺目。九鹿回头,乡思难忘。因为这个宿命,东汉张翰有了"莼鲈之思",弃官回乡。也因为这个宿命,晋代同样在洛阳做官的云间二陆,让名叫"黄耳"的犬儿,千里来回传递家书。程十发先生也传承这样的宿命,他写过一个条幅:"吴王猎场。旧图经云:吴王猎场,在华亭谷,东吴陆逊生此。"题款为:"甲戌新秋书南宋《云间志》,程十发。"这是他的一等墨迹,有着对家乡的无限倾心。他在这件心爱的作品上钤有朱文"勿老草"和白文"程潼"两颗印,把老年的童心和小时候的学名都呈现出来了。那年他74岁。

程十发先生的宿命还不止于此。松江人杰地灵,不仅英雄辈出,而且文采风流。至今还在的传世最早的祖帖《平复帖》,就是松江陆逊的孙子、大文学家陆机留下的。还有董其昌,这位中国绘画史上里程碑式的人物,也是松江人。书画是什么?书画是人文的命脉和传统,书画是不朽的思念和心血,是前世的遗爱和托付。陆机的《平复帖》和董其昌的画,给予程十发先生的是静默的雷鸣。家乡的前世书画,对程十发先生来说是致命的珍宝。他的宿命和陆机、董其昌一样,注定要被家乡松江的时光和风物感动得满含热泪,他宿命地要把家乡的时光和风物,留在自己的画里。

三十年前,他在家乡造了一栋小屋,借用了王蒙的画名"修竹远山楼",作为他画斋的斋名。他在那栋小屋画了许多画,许多画都沉浸着家乡的修竹和远山。譬如著名的《山水八段图册》,其中第七开的题记是:"华亭城内旧有西湖之胜,后水干涸。仅存玉皇阁,今意想图之。"评家说,《山水八段图册》是他"带有幻想"的作品。要说明的是,他的"带有幻想"不是凭空臆造,而是和梦牵魂绕的家乡分不开,和家乡的过往今来分不开。他的画里,生息流衍的是说不清的家乡的时光和风物。那些时光和风物春酣秋荣,或者流连不去,或者渐行渐远,或者已然不在。他的"带有幻想"的画把它们都留住了。他永远逃不出乡思的宿命,也逃不出作为一个松江人、一个画家的宿命。

也正是宿命使然,2005 年 11 月,程十发先生把自己收藏的元明清等名家书画作品 57 件,和他本人的代表作 23 件,共计 80 件,捐赠给家乡松江。叶落归根,这前世的叶子又一次开枝散叶,由今生的春天,回报前世的渴望。2009 年 4 月 10 日,松江程十发艺术馆正式对外开放,同时首次展出了这 80 件捐赠作品。现在,2010 年,这 80 件捐赠作品首次结集出版。程十发先生捐赠的这些书画藏品,都是他心仪久久的杰作,这些作品都受到程十发先生的法眼青睐,都和他的理想和情趣相通。中国书画艺术从本原说是回眸昨天的艺术,中国书画艺术的所有美感和蕴涵,在它出生的时候已经无不具有。可以毫不夸张地说,程十发先生捐赠的书画,是为大家为今生后世打开了通往书画艺术本原的大门。这是件功德无量的事情,何况面对这些杰作,人们永远会联想起程十发先生。

15 年前,我和程十发先生有个有关他的藏画的对话。这个对话,或者说是程十发先生对一些问题的出色回答,可以作为翻阅本集的指要。中国画到今天,让人总生千份守望,万般悬念。程十发先生认为,这大可不必。一个人、一个画家所面对的总是过去、现在与未来。他是前人的儿子、孙子,又是后人的父亲和祖父,每个画家总是在现在这一刹那间,画出属于自己的作品来,而这作品,总带有过去的传统,也该透露出给后人的生机。程十发先生喜欢陈老莲,说他一辈子未入仕途,大概只中过秀才,在绘画上,他又不入董其昌华亭派的华堂深奥,而以自己独特的绘画作品,在一个非常美妙的瞬间,连接了过去与未来。

聊起了董其昌的"南北宗"。程十发先生说,董提出"南北宗",是为了重招"气韵生动"这个绘画之魂。然而把这个说法统领画史,是一个失误。譬如说文人画未必都是文人所画,而文人未必都画文人画。他特地展开了他收藏的元代钱舜举的《白云幽栖图》。钱是很出色的文人,而这幅手卷,却分明是唐代李思训父子勾斫精细所谓的"北宗"画风。更让人回味的是,这幅画曾让董其昌大为感动，并在画边留下了大段题跋。

一些年来，上海的画界，对"海派"的提法很欣赏。因为它包含的是上海画家不拘一格、贵在独创的精神，程十发先生也一直被认为是具有海派精神的卓然大家。而他这样对我说，他觉得"海派"是梨园中一个与京派相对立的带贬义的提法。把一种美好的精神，冠之以明显带有负气意味的"海派"提法是欠妥的。程十发认为，"海派画家"似可改称"海上画家"。近代上海出现过一批以任伯年、吴昌硕、虚谷等为代表的"海上画家"，他们的精神正是如今被称为"海派"的那种美好精神。在众多的海上画家中，真正的上海人，只有钱吉生等三两人。这也说明上海是个纳百川、汲三洋的真正的艺术之海，由此海上画家无须负气，而应有大海般雅量和大气。

程十发先生的这些话，在阐发书画本原的美感和蕴涵的同时，还体现出他对家乡的书画传统，乃至文化传统的深刻和睿智的思考。从中可以真切地感受，程十发先生不仅属于家乡，同时还属于中国，属于中国书画和人文的过去、现在和未来。

程十发先生已经驾鹤远游，他是驾着云间的鹤去远游的。很高兴为本集写序，因为可以从中听到程十发先生留给我们的长长的云间鹤唳。

2010.3.3

海上画派

——序《海派五十家》

　　过去一百年开始的时候,中国画的景色已经十分迷蒙。中国画和其他所有的艺术一样,一开始便具有了所有的美。古往今来的所有的中国画家,都只是以一己之力去发现和开采其中的一些美。晋唐和宋代的杰出的中国画家,握着笔面对生活,面对山河,中国画与生俱来的美感,为他们画出属于晋唐、属于宋代的杰出的中国画,提供了无限的可能性。元明清的中国画家大都忘却了中国画原本十分开阔的本相,他们只是在前人已有的笔墨里寻找自己,他们只是满足于把前人已经发现和开采的中国画的一些美,表现得淋漓精微,在这淋漓精微的表现中,他们最终迷失了自己。少数出色的人,譬如八大、石涛,他们的画忘不了自己,然而他们只是寻找了自己,却改变不了江河日下的中国画的前程。而扬州八怪那样的缺乏才能、缺乏对中国画的真正领悟,仅仅表现一颗对中国画现状愤世嫉俗之心的画家的作品,则从另一面把中国画引向了末路。

过去一百年开始的时候,是"海上画派"(即"海派")出生的时候。因为海禁大开,晋唐以来千百年不变的中国人的社会形态和生命状态发生了剧变。上海这个中国年轻而最具生气的城市,这个中国画坛的中心,最深刻又最明了地展开着这种剧变。在这个城市流泻自己的生命的中国画家,天然地要用笔墨去讲述这崭新的一百年,要用笔墨去倾诉这一百年间中国人崭新的审美心情。而中国画与生俱来的无限可能性,让他们能随心所欲地画出属于这一百年的杰出的中国画。这些画家被称为"海上画派"。对于"海上画派",评论家都感觉到是一个存在,然而各自所表述的,又不是同一个存在。我认为"海上画派"这个存在,应该是这个画派囊括的画家,都在上海开始或确立自己的成就,而不管这些画家的画风如何。譬如说直接借鉴晋唐,而展开了现代的中国人审美理想的张大千、吴湖帆、谢稚柳,譬如中西融合派的林风眠,譬如另一样式的文人画的丰子恺,譬如取明清的水墨写意直接表达现代人审美心情的虚谷、吴昌硕、黄宾虹、潘天寿、傅抱石和以后的唐云、程十发,应该都属于"海上画派"。有意味的是,"海上画派"的"海上"二字,正好表达了过去的一百年的文化和艺术的精神和本质。晋唐以来的千百年,它的精神的本质其实是黄土文化,而过去一百年的精神和本质则是海洋文化。"海上"二字,恰到好处地表达了这个画派的载负和底色。就此而言,在画中不竭地吞吐着现代中国人的意气豪情的刘海粟,天然地属于"海上画派"。再推而言之,京华的齐白石,乃至徐悲鸿,岭南的"二高一陈",无不直接或间接地为海风所及。

"海上画派"凝集着过去一百年中国画的几乎所有的光荣。在一百年过去的时候,把"海上画派"中一

海上画派

些画家的名字和他们的功业收录下来，是为过去一百年的中国画所作的一个里程碑式的历史性记载。《海派五十家》收录了这一百年来出现的中国画的大师，这些令人敬仰的大师，把中国画引导到了一个崭新的境界。《海派五十家》还收录了这一百年来在各自的寻觅中消耗着性命，发现和开采着中国画的潜在的一些美的一批具有大成就、大力量的人物。诚然《海派五十家》中的"五十"，不是一个序数，而只是一个"数"。古今中外，画家的艺术成就的高下，从来不用序数来排列，况且"五十"之内也好，"五十"之外也罢，画家的宿命，都是一个人很孤独地面对艺术、面对历史。面对艺术和历史，所有的群体都必然一一瓦解，所有的扶持都会成为挽歌，只有一个人才能争夺光荣，也只有一个人才能享受光荣。当然《海派五十家》所收录的，都是可以一个人争夺光荣、享受光荣的画家。他们各自的才情、成就、壮志和梦想，无疑是海派画家的真实代表。同时要说明的是，本书撰写者徐建融、卢辅圣、江宏、毛时安、周阳高，都是目前国内一流的美术理论家,而且他们都居住在上海,都在"海上画派"的浸淫中,展开着自己的非凡思绪和灼见。因此,这本《海派五十家》,称之为对刚刚过去的一百年中国画的第一份世纪小结,当不为过。作为中国画的一个伟大的时段,"海上画派"将留下精神,留下声息,也留下光荣。

值此晋百晋千的伟大时分,有机会为《海派五十家》作序,至为荣幸。

2000.11.3

料想之外

——序《谢之光画集》

　　谢之光是我们这个城市一个难以忘怀的画家。

　　这不只是因为他作为一个最成功的广告画家，为 20 世纪中叶留下了具有时代记忆的月份牌绘画，还因为他的画确实是中国画的一枝奇葩。他在他的绘画梦想里，安放了自己不羁的艺术灵魂。可惜，因为他的广告画名声和成就太大，他的安放了他的不羁的艺术灵魂的可以称之为"谢之光的画"的画，被看轻了，以至到今天，谢之光的画还没有被这个时代和画坛清晰记忆。

　　我没见过谢之光，可我见过他的画。幸运的是，我是先见到他的中国画，后来才知道他的月份牌。也许就是这个原因，我纯纯地读了谢之光的画，我为他的不羁的艺术灵魂所打动。我从心底里知道了，他其实是对他所生活的时代具有意义的画家。

中国画一直在讨论传统和当代这两个概念。传统和当代的问题，每个历史时段都被提出和被解答着。传统属于每个历史时段，这个没有疑问。当代呢？其实也发生在每个历史时段。传统画和当代画的区别在于：传统画是可以继承的，当代画无法继承。历史上举例，四王是传统画，八大、扬州八怪是当代画。近百年来，吴湖帆、谢稚柳、张大千的一些画是传统画，齐白石、傅抱石、潘天寿、林风眠，都是当代画。当代画是独一无二的画，无法继承的画，也就是齐白石所说的"似我者死"的意思。而谢之光，画的也是当代画。谢之光同样没有第二个。

谢之光是一个极其自由地书写自己内心的痛快的画家，他笔下的人物画，美丽典雅的女子，大都是兼工带写，表现出他对神仙眷侣永远的向往。他的山水画，蓦然灿然，往往一棵奇崛的大树，就拚起了远山近水。还有他的花鸟画,实在是穷尽了红尘的寥落和纷扰。那些线条,那些墨韵,一笺一仙苑,一屏一梦寐,他的绮思和妙想,应该是下笔之后才翩然而至。这样的画家,是少见的。这样的画家的画,给予世界和读者的奉献是意料之外的。意料之外的美,正是出自许多人意料之外的大画家谢之光。

今天,谢之光的画,有幸被集结了起来,出这样一本画集。除了感觉应该庆贺,还想说的是,好的艺术、好的中国画,终究是不会被湮没的。历史靠它的睿智和公平性活着,艺术靠自己的力量活着。谢之光的力量很大,他当然有理由活在他的身后,活在历史里。

2012.9.17

山高水远说唐云

——序《传法藏唐云书画集》

  唐云先生百年了，时间太快，而先生又是如此永远。

  认识唐云先生是在他的晚年，在我而立之年。那时他已是阅尽烟尘的一座山脉，而我一路踉踉跄跄，有幸走到了大山脚下。这样的山原先从未见过，这样的山在我的阅历里无比陌生。

  就在大石斋南窗前，甚至是第一次看见画家画画，或者说第一次看见大画家画画。唐云先生画兰竹，在一个旧册页上，这是怎样地曼妙和随意啊，又是怎样地淋漓和灵性！总之我很感动，莫名地满含热泪。相见恨晚，可以想见又未能亲炙唐云先生平生无量的绰约风华。

画还不足以表达唐云先生。他同时代画家所具有和所该具有的品行和修养，唐云先生可以说无不具有。他是一个精微和大度的人，一个惜物和淡定的人，一个趣味高雅和忘情自然的人，一个胸无挂碍和内心寂静的人，一个尽享清福和去留无意的人。对于唐云先生，我除了景仰，无话可说。

传法是唐云先生的弟子。他是有缘的人，他的名字，引起了唐云先生的禅味。南屏晚钟，若瓢和尚，总在唐云先生的梦寐边上。"传法"这个名字，竟也在了这梦寐的边上。

那时是唐云先生的伟大时光。他笔下的鱼鸟、鸡虫、花叶、猿兽，还有苍山秀水，一一出入红尘，无不寻常色相，清新绝俗。这些人世和先辈的遗爱，承蒙传法和尚完美留存，今天见了，就像当时所见。他年以至千秋见了，当像当时和今天所见。

人生百年，人生的光辉，往往不止百年。谨以小诗二首，向唐云先生致敬：

山高水远说唐云，大石斋前沽酒醺。差似风华多错过，曾教日暮始逢君。

侠尘无疾俗尘前，凭画凭人过百年。现世千家为俊杰，先输一苇木兰船。

2009.6.20

山高水远说唐云

清流映带

童衍方艺术馆今天开馆。这件事对于前童镇，对于童姓的乡亲，对于童衍方先生本人来说，都值得庆贺。

一个人离家乡多远，离祖先多远，都只在方寸之间，只在字里行间。

童衍方艺术馆的馆址，是童衍方的祖宅。这座建立于两百年前的老宅，多支繁衍，为南方四合院，集砖木石为一体，至今完好。东侧马头墙上镌有非常雍容的四个字："群峰簪笏"。簪缨和持笏，多么荣耀的景象，承载童姓人匡扶天下的期待和抱负。侧有"清流映带"四字，自然是童姓人崇尚文化和人格的祖训。

童衍方毕生是这条祖训的实践者。

两百年来，童姓这一脉历代不乏英俊和清望。两百年后，童姓祖宅成为童衍方艺术馆，不必说童衍方胜过先辈，而是说他获得了童姓祖先的最大眷顾。

"清流映带"。童姓祖先最为眷顾的是文字，是和文字亲近的人。童衍方是当代杰出的金石家和金石收藏鉴赏家，他和文字不解的缘分，自然成为两百年来童姓这一脉最为推崇的那一人。

中国文化的奥秘在文字，中国字是中国人立史和立身的最初和最后的基石。

从文字出发的中国文人，是中国文化、中国人伟大血脉的真正传递者。童衍方真是这样的传递者。

童衍方生在上海，成长在藐视文化、针砭艺术的时代。他寻找着自己，一个看起来并不英勇的弱小的青年人，寻找着文化的所在、艺术的所在。这种寻找，说到底是在寻找他自己，一个流淌着前童姓人血液的子孙的今生今世。

他找到了若瓢和尚、来楚生和唐云，成了他们三人的弟子。他最初的选择，也是他后来毕生的第一选择是金石。金石和文字难分难解，金石让人径直走进了文化。

这时，他应该发现，应该庆幸，"童衍方"，多么美妙的文字。天真不变的童心，真气流衍在金石的方寸之间。

从三个老师出发，童衍方走向吴昌硕，走向金农。他的篆刻，和他的内心一样，洋溢着缶庐一样的浑朴、苍茫和沉静，他的书法，同样捧出了他自己的心，像金农那样端正、静穆和温文。

许多年的人生经历和真情探求，让童衍方成了今天的金石家童衍方，他站在了当代金石的群峰之上，成就了作为一个艺术家的人生景象。

然而，艺术，即使是金石，还不能直接替代文化。仅仅是一个金石家，还不能称为中国人文意义上的文化人，或者说是"文人"。

童衍方的珍贵，还在于他是个文人。他在金石收藏方面的杰出成就，远远超越了金石的范畴。玺印、碑帖、罍砚、紫砂，还有金石家字画、信札、上古、中古、近古，游目骋怀，精湛和漫漶在心。他的谈话和文章，许多年来，讲述的正是有关文玩及其人物的精湛和漫漶。巨擘慧眼，当世无多。许多年了，就有了文人意义上的童衍方。

人的一生，其实是寻找文化的过程，渐渐成为一个文化人的过程。年近七十的童衍方，他寻找文化，和成为文化人的过程，绚烂之至。更为绚烂的是，他的绚烂总是绚烂在他内心的平淡之中。

文化人，说的是文化和人。文人，说的是文和人。童衍方的珍贵，还在他独自历练的心志。一个人的成长和成就，其实是和任何人无关的。一个人所要周旋和纠缠的，其实只是自己。在你没有力量的时候，人们不会在意你。到你具有力量的时候，人们一定会尊重你。"诚信而行，顺势而为"，童衍方就这样走到了今天。说他是个智者，不如说他是个仁者。而仁，是比智文化更近的。真正的文人，他的内心一定沉默如金，同时也浑朴如石。金石的意志和境界，童衍方是身体力行的了。

　　童姓的祖宅成了童衍方的艺术馆,令人感动。这件事,应该看成童姓祖先对童衍方的庇佑,也是当今社会很难得的对文化人的庇佑。诚然,一个人的艺术作品和他的文化梦想,主要是靠艺术作品本身和文化梦想的文本传世的。但是,艺术馆的建立,所展示的人们对艺术家和文化人的温暖待见,正是这个时代的文化兴盛起来的一个吉兆。

　　最后,很感激童衍方先生让我来写这个序。

2014.4.30

八面来风

——序《上海市现代书画家名录》

上海是个书画家辈出的地方。20世纪被认为是书画大师的，几乎都和上海有关联。因为是现代大城市，八面来风，又有传统又有人气，现在上海搞书画的人应该是数以万计，甚至还多，内中自认有不少被称作了书画家的。在一个现代的都市里，选择书画作为自己的终身事业是难能可贵的，因为靠书画为业，更多的人会终身不富裕，可就是有这么多人把它称之为"清平富贵"，这是值得敬重的。每个人都可以去选择自己的人生，往往因为是自己的选择，所以会终身不悔。这里就有一点精神了，人是要有一点精神的。有了精神，人会生活得很快乐。庆幸的是，这么些人的快乐，也让本书的编者感觉到快乐。他们如此熟悉这么多书画家的姓名和作为，他们让现代书画家在上海的经历，有了该有的记载。

现代中国的大都市上海，记录了林林总总的行迹，中间怎能没有书画家的行迹呢！于是就有了这本书。这是本看上去并不起眼，然而很温暖的书，而且这温暖的程度又有分寸，那就很值得称赞了。名利儿戏，然而名利总是让人向往的。花了一辈子的时间、精力，舞弄笔墨，从事书画，在一本小书里可以留下一个条目小传或者姓名，这要求不高，可也很可以看重的啊。人过留名，让人家，还有后来人，翻看这本书的时候，读到自己的小传、姓名，真好。就像一个诗人诗中很温暖地写着"你是谁，在我百年之后，读着我的诗"，真好。

这本书已经发行十多年了。这次再重印，编者邱明让我写个序言，我很荣幸。我再想说的一句话是：愿这本书有更多的读者，愿这本书能够流传得更广和永久。

2005 年 1 月 13 日

过　眼

——序上海市收藏鉴赏家协会《过眼》丛书

上海市收藏鉴赏家协会的《过眼》丛书，是有关收藏和鉴赏的书。

一直感觉历来的器物称之为"文玩"为好，本协会的宗旨是"文人收藏"。

本丛书记载的器物，至今都是协会会员所亲见，有的是曾经收藏，或者如今收藏着的。

本丛书取名"过眼"，大抵有三个意思。

一是，人不能经历千年，却能阅历千年。历史留下的无尽文玩，足以让我们开眼界、拓心胸，感觉中国人的来历和心力、尊严和信心，还有真放和精微的情怀，绚烂和平淡的梦想。

二是，"见过"是个极好的经历。在收藏和鉴赏的际遇里，拥有不拥有并不重要，拥有不拥有甚至是个伪命题。因为人的经历永远不可能比文玩更长久。文玩像线段一样，像光束一样，总是只有起始，难以让人见到终点。

三是，俗世可以有历来文玩的高下之分，而历来文玩所传递的前尘往事、文心诗意，大抵是一样的。只有别致，没有高下。本丛书仅主张见过的文玩的记载，更多的是初次记载，而不在意非得物华天宝。

本丛书希望读者喜欢，也希望读者提供自己的亲见和所藏，加入进来，让更多的有意思的文玩面世，让更多的读者过眼、怡眼。

上海市收藏鉴赏家协会执行会长

陈鹏举

2012.7.8

拍卖的困顿

——序《朵云轩首届当代海派篆刻拍卖图录》

朵云轩举办当代海派篆刻专场拍卖，是一件可以期待和具有意义的事。

中国艺术品拍卖一直有两个困顿。一个困顿是艺术品的价值和拍卖成交的价格在许多时候不一致；还有个困顿是，这么多年的拍卖过来了，其实艺术品的文化内涵似乎并没有更多地被顾及过。朵云轩举办的当代海派篆刻拍卖，很可能在解答这两个困顿方面可以期待并具有意义。

中国的篆刻实在是不可小觑的艺术。中国文化的所有凝聚力其实是来自文字，而篆刻恰恰是和中国文字最相关的艺术。篆刻一直被称为金石。金石这两个字解释为青铜器和石刻,无疑是先前的中国人的伟大背影。金石又被用来解释篆刻,可见这方寸之间,是何等的疆域,在这方寸之间驰驱的铁马金戈,又是何等的意气风发。篆刻与书法相比,多的是金振玉声,与绘画相比,又多的是气格高古。篆刻疆域比起字画来,它的人文气象可能要深沉和辽阔得多。

秦汉上下,篆刻象征的是信用和权力。到了明清的文人手里,变为文人情怀的倾诉。到了当代,篆刻脱开了原先的藩篱,成为独立不羁的一门艺术。从而当代篆刻成了中国篆刻史上的第三个鼎盛时期。

朵云轩的首届当代海派篆刻专场,遴选了西泠印社三十余家。其中有韩天衡、童衍方和刘一闻三家。对当代海派篆刻而言,韩天衡是旗帜,童衍方是王者,刘一闻是逸士。还有海归四家吴子建、徐云叔、陈名屋和陆康。吴子建是一个传奇。他和韩天衡相比,韩天衡是守望今古的一代宗师,而他,是独孤往来的一名大侠。徐、陈、陆温文尔雅、慨当以慷,他们是旧年锦时的书香。还有江成之和高式熊两家,他们是西泠印社中人而今欣欣可见的最年长的前辈。至于八二年才出生的金良良,就是欣欣可见的来者了。三十余家,其实不需我一一提及。他们的功名岁月,自有金石可证。

千百年来早已镌刻在中国人心中的文字金石,只要有人提起,恐怕谁也会记取许多。拍卖艺术品干啥?不就是因为我们总被历史和文化感动吗?上文说到的两个困顿,会不会被这金石的方寸击中呢?极具文化内涵的篆刻,它的艺术价值和拍卖成交价格趋于一致,应该是水到渠成的时候了。

2012.4.28

古典诗词的繁荣时期是否已经到来

——序《上海诗词》(2011年第二卷)

今年七月,上海诗词学会和解放诗社松江创作基地挂牌,同时举行了一个诗词研讨会,议题是"古典诗词的繁荣时期是否已经到来"。这个议题笼统了一些,不过可以容纳许多的意见和思考。产生这个议题的起因是《解放日报》记者、解放诗社会员龚丹韵的一篇专刊文章。这篇文章提供了这样的信息:现在的八〇、九〇后的年轻人,很喜欢纳兰性德的词和仓央嘉措的诗。这确实是个很可以予以思考的问题。思考这个问题,应该可以让我们对诗词的古往今来有个新鲜的认识。

纳兰性德这个旧王孙伤感和深情的词,和仓央嘉措这个红尘边缘的僧人智慧和虔诚的诗,怎么就这样情投意合,竟然是这么无碍地进入今人的内心?纳兰性德写的是格律精当音韵高超的词,仓央嘉措写的是行文自由的白话诗,看起来很不一样,怎么在今天的年轻人的心目里成了一回事?两个问号过后,答案其实就可以想到了。那就是诗词无论今古,内核其实是一样的。对于古典诗词在今天的命运的议论,许多年来都没获得要领。那就是古典诗词至今仍被挂念、被热爱和它时时萦绕和感动我们的理由,首先不是它的形式、它的格律和音韵,而是它的内涵,它所深深蕴含的人的最本真的生命景象和生活态度。古典诗词是中国文化的内核,这个内核千百年来替代了中国人的哲学思考。而哲学思考的起点就是,人怎么平静和温馨地经历生活和走过生命。纳兰性德的伤感和深情,仓央嘉措的智慧和虔诚,不都是面对今天的纷纭喧嚣、近乎铁石心肠的景况,最具人间力量的内心修养和守望吗?

至此,诗词的格律和音韵的继承问题应该也可以有个回答了。纳兰性德是站在古典诗词巅峰歌唱的词人,他的诗词的艺术价值无可挑剔。仓央嘉措的白话诗,看起来显然不合古典诗词的格律和音韵,然而,仓央嘉措恰恰是古典诗词的真正继承者。他不但是古典诗词内涵的继承者,而且是古典诗词格律和音韵本真意义上的真正继承者。说他对古典诗词内涵的继承,应该无须再费笔墨。白话诗里,极少有他那样的诗,和古典诗词一样醇厚像酒、清香如茶。说他对古典诗词格律和音韵的继承,只要静下心来,用心吟诵,就可以感觉到了。

行文到这里,自然而然地还是要说一声:其实今天的有关古典诗词的创作,第一要义还是写出来的是不是诗,而不是是不是符合格律和音韵。由此不妨直言,所谓古典诗词的繁荣问题,至多只是个引发议论和思考的话题而已。唐宋也好,明清也好,好像谁都不会觉得所谓诗词繁不繁荣是个问题。今天呢? 写诗人,还有诗作的多少,真的重要吗? 诗词在更多时候只是个人修为的问题。诗写得很多的人,可能并不是诗人,如果他的诗除了格律和音韵,没有诗意。不写诗的人,有天被一首诗感动了,他其实就是个诗人。因为没有诗心的人不会感动于诗。

原本是写卷首语,不想写成这样了。本文也作为一个话题吧,愿学会同仁读后指正。

2011.7.31

诗词之问

——序《上海诗词》(2013 年第二卷)

今年在上海市作家协会大厅召开的诗词与新诗的研讨会上,我作了一个发言,就有关诗词的几个问题,发表了意见。我觉得这几个问题,或许可以作为引玉之言,会让同道有探讨的兴趣。因此,作为文字记录在此,作为本期的序言。一,可以留下些这个有意义的研讨会的影迹;二,期望引出同道的议论和思考。

当时说到了三个问题。

其一,绝句的第三句,必须是转折句?

有论者认为,绝句第三句转折是绝句创作的铁律,如不转折,就是不懂律,就是不知绝句为何物。我认为,这一说可以商榷。要弄清楚这个问题,应该重新回顾一下:绝句从何而来?绝句也称截句,意思就是无论五绝还是七绝,都是出自律诗,都是从律诗中截来的。律诗什么样?律诗由四联组成,中间两联对仗。从律诗这样的形式出发,去看绝句,就可以发现,绝句的形式,要么是律诗的第一、第二联,要么是第二、第三联,要么是第三、第四联。这就出现了所谓的绝句第三句的转折难点,或者说转折的无依据。很明显,当绝句是截了律诗的第二第三句的时候,要求第三句转折,就变得莫名其妙。譬如杜甫的那首绝句:"两个黄鹂鸣翠柳,一行白鹭上青天。窗含西岭千秋雪,门泊东吴万里船。"第三句"窗含西岭千秋雪"转了吗?有必要转吗?而且,杜甫这首诗的诗题就是"绝句"。可见杜甫是认定这是首绝句的。所有的有关诗词的论断,原本是应该诗意些的。也就是该写意些,有余地的。有关绝句的论断,无视杜甫这首妇孺皆知的绝句,可能是灯下黑了。

其二,中国诗词的叙事能力,不及新诗?

有论者认为，中国诗词有个不足，就是叙事能力弱。不及这个问题中，外国诗和新诗，也就是中国白话诗。这个问题，也可以探讨。中国诗词传世的叙事诗比较少，但是少不等于弱。譬如，白居易的《长恨歌》《琵琶行》，这样的叙事能力，你说弱不弱？这里倒可以延伸一下，探讨中国诗词叙事诗为何少的问题。中国诗词叙事诗少绝不是能力问题，而是因为中国诗词与生俱来的写意理念。这个世界最具诗意的生活至今的中国人，还有这个世界上最具诗意的中国文字，这样的人和这样的文字的交流和相契，产生的中国诗词，每一个字都饱满丰韵，所有的人事，在诗词中生发、成就起来的形态和神色，自然都诗意至上。即使是再伟大或者再沧桑的历史变迁，甚至也就几十字就叙述出来，而且极度诗意。还举杜甫的诗《江南逢李龟年》为例："岐王宅里寻常见，崔九堂前几度闻。正是江南好风景，落花时节又逢君。"杜甫和李龟年这位唐代伟大的歌唱家，安史之乱之后湖海相见，国家和自身沧桑遭际，杜甫仅用二十八字，甚至说出了一个时代。杜甫可以写《北征》那样的叙事诗，而在这里，他不屑为叙事诗。他只是前两句说了往事，后两句说了当时，就停笔了。杜甫这二十八字，可以想见，李龟年看了老泪纵横。千百年来，读它的人都免不了心头生痛。如果写上百十句，是不是更诗意，更叙事呢？我看不是。也就是这个道理，中国诗词的叙事诗不多。

其三，鲁迅的"运交华盖欲何求"是白话诗？

有论者认为，历来有许多诗词，是白话诗。"运交华盖欲何求，未敢翻身已碰头。破帽遮颜过闹市，漏船载酒泛中流。横眉冷对千夫指，俯首甘为孺子牛。躲进小楼成一统，管他春夏与秋冬。"譬如鲁迅的这首《自嘲》诗，是白话诗。这论断看来是误会文言文，也误会白话文了。之前也听到论者说李白的"床前明月光"，也是白话诗，甚至说是白话打油诗。这种论断，不免轻慢。中国诗词和新诗，分属于文言文和白话文，尽管都是诗，两者的语境语感都是不一样的。胡适写过《中国白话史》，他说到的历史上的所谓"白话"，应该是说当时民间的口语。可现在的白话文，应该不能同日而语。顺此思路，如果上述鲁迅的那首《自嘲》诗中的句子，放到白话文里，可以明显感觉语法、语境不一样。读它的人会说，这文章半文不白，这就是文言文和白话文两个文字系统的不一样处。白话文是一种语法规则严谨的文字，文言文呢？它是一种写意的有感情作为内在动力的文字。语法，对文言文而言，至少不被关注。也因此，细细体会诗词如何遣字造句、蔚然成篇，应该不会"发现"譬如鲁迅《自嘲》，还有李白"床前明月光"等，这些看似直白的诗句，是白话诗。

篇幅有限，不知我的意见是不是表达清楚了。还要说的就是，这是一家之言，希望同道指教。

又一年即将过去，相信，随着中国人文心的渐渐回归，中国诗词的回归和繁荣，必将一年好似一年。

2013.11.17

枫泾的修为

——序《枫泾诗词选》

一

　　诗词是历代枫泾人的修为，也是枫泾的修为。

　　我一直认为，中国是诗的国度。中国人之所以绵延数千年依然紧密团聚，正是因为每个中国人都怀有一颗诗心。诗是中国人最初和最后的精神家园。中国文字的形态和音韵，也是中国人沉湎于诗的宿命。历代的中国人，总是期冀以诗来寄托和表达自己的生命景象和人文呼吸，这些人通常和长久地被人们称之为诗人。还有更多的甚至是所有的中国人，他们会在悲伤、欢愉、慷慨和淡定等等所有的情感浓郁和难禁的时候阅读和聆听诗,并且因此而心向往之,甚至泪流满面。所有被诗感动的中国人,尽管不写诗,他们也都是诗人。因为没有一颗诗心,就无从和不会感动于诗。由此可知,诗是每个中国人的个人修为,也是中国每一方水土的必然修为,而枫泾人和枫泾也是这样生发和延续着这种伟大的修为。

在见到枫泾历代的诗词前,我没到过枫泾。见到了这些诗词,让我内心隐隐作痛。至少有过两次机会我可以造访枫泾,可是都擦肩过去了。一次是丁聪先生的故居落成,一次是程十发先生的祖屋修缮。这两位当代伟大的枫泾人,都是我深深敬重的前辈。丁聪先生那年在上海,出席一个漫画展,这个漫画展第一次出现了共和国领导人的漫画像。丁聪先生热情洋溢地对我说,领导人漫画像的出现具有历史意义。我征得他的同意,把他的这句话写在了新闻里。他的这句话很快引起了争议,这个争议也具有了历史意义。记得当时就有人说,丁聪是诗人,他说话激情如诗。后来我在北京黄永玉先生的万荷堂里,几次见到丁聪先生和夫人，相聚甚欢，还看到了他为诗人聂绀弩先生所作的漫画像。他画得真是好，像鹤一样清瘦高挑的聂绀弩，没有诗心实在是难以描写的，也只有丁聪才能画得那么好。程十发先生也是诗人，他写很奇崛的诗句，这些诗句更多地散落在他的画上题跋里。他的画其实就是诗，他画里的线条墨色都是诗。难以言传的诗美，正是程十发先生的画作的内核。我曾这样写过：程十发先生是中国文人画的最后的光辉，程十发先生去了，以诗为内核的文人画坛从此沦陷。

今年九月的一个下午，初到枫泾，这个深藏在吴越之间的小镇，赶紧去了丁聪先生的故居和程十发先生的祖屋。这是一次迟到的瞻仰。丁聪故居院子里的那棵铺天盖地的银杏和那棵同样铺天盖地的芭蕉，像诗一样静穆和热烈。故居的亭台，可见隔墙的寺院，红尘可以随脚出入，而主人的诗心，只在滚滚红尘里。程十发先生的两进祖居，深巷幽径，好画古琴。稍作逗留，便觉得缕缕诗味，清香醉人。由此不能不信，丁聪先生和程十发先生并没远去。只要诗在，他们依然在。

二

到了枫泾,便真觉得,吴越或者说江南真是养人的地方。世世代代的中国人追求的是什么生活?其实就是安居乐业的生活,平淡和安宁的生活。铁马秋风塞北,杏花春雨江南。铁马秋风应该是人的努力,杏花春雨大抵是人的理想。人总是诗意地活在世界上,所谓诗意地活在世界上,不就是风和日丽、山明水秀、纯羹莼米、乡思亲情这样的平淡无奇却又甘甜到心的生活吗?这样的生活吴越有,江南有,枫泾真的很真实地有。天教中国有吴越,有江南,有枫泾这样的去处。那个下午,我站在枫泾的土地上,感觉到了在我经验里的几乎没有过的幽静和清闲。这么丰饶和静谧的土地,淡淡和寥寥的人影,好像是深山里可以和明月单独对话的空明。这里可能没有诗吗?这里不可能没有和土地一样静谧和丰饶的诗。感谢枫泾的朋友让我读到了这样的诗,读到了属于或者说只可以属于枫泾的诗。

枫泾诗词,收集的是枫泾籍和在枫泾居住过的历代诗人的诗词,唐宋元明清历代诗人的诗词,依据各种古籍搜集和钩沉,同一作者选其优者若干篇。选者也是枫泾籍或现居枫泾的诗人、选家,可见本书是体现今人选诗水准的具有经典意义的选本。也就是说,阅读本书,枫泾历来的诗词规模和水准便可以了然了。

枫泾历代诗人由唐代名相陆贽开篇,陆贽是著名的文学家,然而他的诗不如他的文章。而且枫泾历代诗人,除了陈继儒有些诗名外,几乎所有的诗人,都不著名,他们留下的所有诗词,也没有传统意义上的名篇。这就产生了一个有意思的问题,为什么枫泾人可以在许多领域建功立业,而且可以历代有诗词传家、传世,却鲜有诗名?这个问题的答案可能很简单,那就是前文说到的努力和理想的那个命题。中国历来有多难兴邦的处境和担当,历代诗人多是在这样的处境里经过担当的努力,成为大诗人,写就大作品。即使那些所谓婉约的名篇,往往也都是这样的诗人写就的。可能正是由于枫泾是一个极其理想的栖息之地,枫泾诗人的心境极其温和和明媚。即使像几度弃官的陈舜俞,回到他的家乡白牛村,也心平气和,他的诗里的牢落也变得月白风清了。这是端正的官家的澄怀,写成诗的时候,往往把心事间离得有些遥远。于是在诗的评判里,被间离的心情,不会被他人常常牵挂。

三

不论所谓的名家和名篇,其实在枫泾,有意思和尽可回味的,历代不乏其人、不乏其诗。

宋代的画家李甲,史称"画翎毛有意外趣",可见是个很灵气的人。他的一些诗词收在《全宋诗》里,很混沌的眼中意象,譬如《题画》一首:"谁泼烟云六尺绡,寒山秋树晚萧萧。十年来往吴淞口,错认溪南旧板桥。"后一联真是好,活脱脱的吴越思量和吴越景致。这一联是可以千秋的，如果刻在今天的枫泾的水光桥影里，就是可以骋怀的一景。

元代的顾深，史上说他恃才傲物，诗也写得不错。他的《戏题》写："红红白白好花枝，尽被山僧折取归。只有野薇颜色浅，也来钩惹道人衣。"活泼天趣，产生一个景况，让读它的人，各自填上各自的联想。这就是有力量的诗人的手段。元代还有一个黄蚧，也是个中好手。《柳塘春为顾仲瑛赋》一首就写得很吴越、很江南，应该也很枫泾。"江南二月柳条青，柳下陂塘取次行。兰杜吹香鱼队乐，草莎成厩马蹄轻。小蛮多恨身今老，张绪少年春有情。得似东吴顾文学，风前雨后听莺声。"这样的景色，这样的人物，确实留住了数百年的嘤嘤流莺声。元代诗词里，随手可翻到一些好句子，譬如黄蚧的"拔足风尘双蜡屐，全身天地一羊裘"，钱应庚的"日落瞻乌谁屋上，月明梦鹤故城阴"。这些自造的诗意，一一跌落在了故乡的光阴里。

明代的王逵，是一个无缘功名的读书人，他的题宋高宗《荔枝图》："画卷深宫写荔枝，建炎天步属艰危。江南风味真奇甚，莫遣当年北使知。"让人读来满目锦簇，满耳风雷。还有顾谏，也和王逵履历相似。他的《阿那曲·夏夜》："浅夜月明新雨后，午风飘得罗衫皱。个人斜傍不支持，几回欲趁凉时候。"是诗人极个人感觉，只是天气和心思，就这样都被写得很江南。

清代的支遵范四弟兄名播江南，号称"四支"。支遵范《恋绣衾·闲居次放翁韵》词一首："莫讶苔钱不似蓬。问才名谁似放翁。听到密林深处，带霜敲尘外晓钟。矮墙为倩山头补，更奇云幽沼几重。座上春风消息，怕而今还在梦中。"通达和萧散流转淋漓，词能如此快意，可见名副其实。还有李葵生，也是一时的诗人。读过他的那首被搜录在《全清词》的《清平乐·冬夜》："梦回斜月，刚照人离别。侧耳又惊风猎猎，翻响一庭黄叶。绣衾展尽更长，寒炉小驻余香。记得心头一点，供人今夜思量。"应该从此称他"翻响一庭黄叶"的李葵生。还有叶如珪，史上仅仅称他"能诗"二字。可他的《秋宵对雨同瘦鹤》一首，实在是从容精到，足以和唐宋前贤对酒："忘却浮生似转蓬，紫螯犹喜一樽同。人归远浦孤帆外,秋老深灯细雨中。及第心空归绣佛,因缘事大薄雕虫。谈禅不禁花前酒,莲社当年有醉翁。"叶津也是,诗书上只记载他著有几部诗集。可他的《寄柏斯民》一律,就很可一读:"天高风急奈秋何,野旷扶藜一放歌。对客爱吟来句好,寻花喜识老僧多。霜摇乌桕临溪树,船隐芦汀带雪蓑。佳节怪从闲里错,及晴款款又相过。"他还有一首五绝《夜过东庵溪上》,前两联真是爽朗干净:"出门遇明月,闲寺也开扉。适到清溪上,方逢野衲归。"

上面所引的一些诗词,只是粗粗一瞥,可见诗词是不能轻言高下的,还是这句话,诗心在了,诗就珍重可贵。

四

枫泾还有历代方外和闺秀诗,也是值得说一下的。

天台在唐代有个寒山和尚,他的诗让天台得到了太多的美名。枫泾在唐代也有个诗僧船子和尚,他的诗也是到了水流花开那样的超然境界的。船子和尚在世时和在身后的长久形象是渡客垂钓,背景是流水、明月和往来的人。和尚和船子形影不离,也因此有了船子和尚这么个清凉的名字。他是蜀人,在唐代大和年间逗留枫泾,依然在水边、船头生息,写下了许多诗,被统称为《拔棹歌》。后有宋人收集到三十九首,北宋大观年间刻石,藏在了枫泾海慧寺。

方外的诗我以为是应该重视的,尤其是在很民间和田园的枫泾,更应该重视。民间和田园真切的人生,是感觉在了红尘边上。方外的诗,随脚出入红尘,最能感觉和体谅人生的内美和分量。多情即佛。美好的僧人,其实是最热爱生活和人生的,他们的诗,所表达的天地长情、人文本真,往往胜过急于用世的历来名作。船子和尚这样写道:"问我生涯只是船,子孙各自赌机缘。不由地、不由天,除却蓑衣不可传。""千尺丝纶直下垂,一波才动万波随。夜静水寒鱼不食,满船空载月明归。"这些诗和寒山和尚的诗,一个是水秀,一个是山明,都是难得的诗的神品。

再说闺秀诗。枫泾留下了不少闺秀诗,同样是很难得的。闺秀诗被经典史籍记载下来的历来极少,然而闺秀诗的视角和感受又是更见细致和精微的。尤其在更多的是细致和精微的吴越、江南,更多的是细致和精微的枫泾,闺秀诗更可能保存下生活本来的状况和历来的文化细节。《光绪嘉善县志》,收录清康熙年间施芳的诗《从游城南别墅分韵得春字》:"偶伴吟边客,来寻小圃春。杏寒初破萼,梅嫩已藏仁。红雨分三径,香风散四邻。此中有深趣,何必问仙津。"从中可见当时的酬唱风气。诗也写得不错,其中第二联"杏寒初破萼,梅嫩已藏仁",对春的体察极为敏锐。孙畹兰是乾隆进士孙王纶之女,她写的《春尽》也是体察精微的伤春绝唱:"风急云昏雨似丝,销魂最是绿肥时。可怜春去凭谁挽,静对飞花有所思。"还有张文珊,她是乾隆时的儒学大家谢墉的孙媳。她的《咏王嫱》一首被《名媛诗话》和《枫泾小志》收录:"雁门关冷月明中,环佩翩然气自雄。绝塞琵琶新乐府,长门团扇旧秋风。但将辛苦酬天子,敢为飘零怨画工。家国安危儿女泪,汉廷奇策是和戎。"《名媛诗话》看出了这首诗里的名媛心气,称赞它是传统诗的正格:"咏王嫱之作甚多,惟此有温柔敦厚之旨。"对于枫泾来说,这首诗可以被看作一个不多见的文化细节。

五

现在要说的是,枫泾诗词的首要价值和意义,就在于保存了枫泾至少是唐以来的许多文化细节。

首先保存下来的是历代枫泾人的诗词纠结。明代沈泓是个诗人也是个孝子,他为母亲求取海内诗文数百篇,不想途中被窃,他哭了整整七天不肯上路。后来失而复得,据说是窃者被感动了,托人送了回来。也就是诗文,可以这么动情,窃者应该也因此深受了文化启蒙。可见枫泾这地方,不仅可以出沈泓家的三进士四举人,还是诗文的家园。这些美好的文化纠结,也许只有与诗有关,才更加说来心甘。

枫泾诗词全面记载了千百年来枫泾的人情、风俗、景致和变迁。大量的诗词看起来不外乎抒怀、览胜、唱酬、饯别、咏史、题画、感事种种，其实是涵盖了天地人文的方方面面，讲述和留住了枫泾和枫泾人的千秋里的每一瞬，讲述和留住了枫泾的桥、廊、亭、台、楼、寺和琴、棋、诗、文、字、画，还有水、月、花、木、舟、马。这些有关枫泾的连绵意象，在清代陈祁、沈蓉城的数以百计的《竹枝词》，还有程兼善的同样数以百计的《枫溪棹歌》里，已经被展开成连绵的画卷，这里不再展开。

枫泾诗词必须讲述并且已经讲述得非常生动、非常真切、非常美好的，是这些连绵意象中的枫泾人的前世今生，枫泾人所经历的一代代的人事情缘。譬如元代钱应庚给诗友的诗中，有这么两联："十年共坐灯火约，两地勿牵江海心。""日落瞻乌谁屋上，月明梦鹤故城阴。"写的都是对枫泾的流连，写因为枫泾，自己的心出落得那么沉静，因为枫泾，自己的心被照耀得那么明媚。

清代柏古，是个读书人，自称白牛牧人，大概和陈舜俞一样和白牛村有牵挂。他的诗，后人评他是"古淡清雅，近陶、谢、王、孟"。他写过一首《清风泾》。清风泾是枫泾原来的名字，柏古这首诗，写得确实古淡清雅："升阜采嘉卉，何必伯夷薇。涉水钓鲜鲤，何必子陵矶。心远隔尘域，崔嵬践危机。绸缪因牖户，雨细花芳菲。种秫造浊醪，织布完春衣。率性全真趣，舍此安适归。"值得注意的是，这首诗启首几句，柏古一反历来诗人对伯夷和严子陵的推崇，觉得枫泾阜有嘉卉，水有鲜鲤，在枫泾栖息，可以有和伯夷、严子陵不同的活法。接下来，他讲述了枫泾人可以有的衣食住行，肯定了自己的理解和向往。这是一首很难得的"枫泾赋"，是古往今来可以刻石立于枫泾最显著的地方的"枫泾赋"。

总之，可能不被学术界很看好的枫泾诗词，其实已经完成和将不断完成有关保存枫泾文化细节的使命，而枫泾诗词几乎所有的价值和意义，就在于它与生俱来的这个使命。

六

最后要说的是,枫泾诗词的最初和最终的价值,是历代诗坛中一些伟大的弱者创造的。

不能不说像唐代名相陆贽那样的高官的诗词,对于枫泾诗词来说,并不重要。陆贽还是著名的文学家,他的博学鸿词、道德文章,固然让后世景仰,但诗词毕竟不同于文章,陆贽在唐诗的殿堂里并不有名。即使他真有诗名,可能和枫泾也未必有瓜葛。因为枫泾静静地开放着自己的景象和美感,枫泾所蕴含的景象和美感,和北极朝廷的胸襟和抱负很不一样,所以很难出现在陆贽他们的诗词里,即使他们是从枫泾走出来的。陈舜俞从朝廷中溃败出来,回到了他的家乡白牛村,他自号白牛居士,过起了隐居的生活。他的诗也同样没能保存枫泾的多少文化细节,同样因为道德文章阻碍了他对故乡枫泾的深情凝视,虽然故乡枫泾在他受伤的内心布满了月白风清,教他心旷神怡。

还有枫泾历史上名气最大的诗人陈继儒,对枫泾诗词而言,同样不是不可或缺。诚然他写过《小窗幽记》,怀有一颗几百年来公认的饱满的诗心。他后来还是脍炙人口的"山中宰相"。我曾经写过一首诗赞美他:"不见斯人意带愁,晚香堂上小窗幽。透山明月还栖鹤,过雨梅溪欲下舟。若是谢池能俊誉,何妨魏阙有清游。时名总被长情累,抱得贞心到白头。"可惜,如说起保存了许多文化细节的枫泾诗,他可能算不上是很重要的作者。

更多地以诗词的样式,保存了枫泾文化细节的是那些看似无名的诗人,甚至是那些落拓、失意的读书人。譬如元代进京献《燕都赋》、最终失意归来的顾深;清苦力学、晚年益贫困的黄蚧;"美人只在寒窗外,破屋依然谷水西"的钱应庚;屡试不中的黄鲁德。明代到最后授徒自给的王逵,清代名播江南的"四支",还有柏古、李葵生、胡应宸、顾璟芳、孙琼、叶如珪、叶津等等一时以诗成名的人物。

于是在结束我的这篇序的时候,我要说,生活在枫泾民间和田园的诗人,是真正的可以为百岁千年后保存文化细节的枫泾诗人。他们是历代诗坛中伟大的弱者,他们的伟大就在于他们像枫泾一样长久和纯粹,像枫泾一样丰润、朴实和富有光泽。这个世界上伟大的文明,大抵是所谓的弱者创造的,譬如千百年以来有关枫泾的诗词,就是弱者创造的。一经弱者创造,枫泾的诗词和枫泾诗词所蕴含的不朽的文化细节,过往来今,就有了强大的生命力。

二〇一一年十月四日完稿于华亭湖西精舍

枫泾的修为

华亭文社成立大会上的致词

——序《华亭文库》

　　本文原是我在华亭文社成立大会上的致词，谨以此作为华亭文社丛书《华亭文库》总序。

　　华亭文社是什么？

　　我想，华亭文社是中国文化的一个家园。华亭文社，以传承中国文化的伟大命脉为使命，以《松江赋》里写到的"发文字以永年，状诗心以万憙"为宗旨，以华亭历来的开放和接纳的文化胸襟，拥抱华夏文明，拥抱华夏子孙的一个文化家园。

　　华亭文社，让中华人文的种子，花开世界。

华亭文社为什么会出现？

我想大致基于两方面原因。

一是，华亭这个美好的词义。华亭，是中国文化的一个伟大的部分。南中国，楚和吴越，积淀而成的华亭文化，是史上灿烂的六朝文化的优秀代表。华亭一个陆机，就留下了中国文化史上第一篇文学评论《文赋》和至今犹存的故宫博物院第一号文物——书法《平复帖》。华亭文化的丰茂蕴藉，不但哺育了华亭的子孙，还是历来大文人的景仰和隐逸的地方。华亭又是国际大都市上海的发祥地。华亭历来具有的开放和接纳的文化胸怀，到今天更见阔大。在这方面来看，出现华亭文社，已经是江河行地一样寻常的事。

二是，今天的文化现状，传承出现了问题，弘扬更无从说起。作为一个文化人，可以和必须做的，我想就是重建和守候文化家园的事。这也就是华亭文社的出现，必然会像日月经天一样，如期而至。

华亭文社将做些什么？

回答这个问题之前，我先想介绍一下，华亭文社现有的包括我在内的十六位成员。

王金声，现居上海。世界华人收藏民国文人墨迹第一人。

管继平，现居上海。中国作家。在民国文人研究领域，成果突出。也是弘一书信研究第一人。

王双强，国学教育机构的创办人、金石文字收藏家，出版文集多种。

王金声、管继平和王双强，构成了民国文人研究的重要学术力量。

徐战前，新华社江苏分社高层决策人士，当今一流诗词家。

徐晋如，现居广州深圳，长期在多所一流大学讲授诗词，并撰写出版大学诗词学教材，新一代重要诗词家。

徐战前和徐晋如，代表着文社在华人诗词界的影响力。

陈根远，西安碑林的研究员，他代表着文社在这个研究领域和在三秦文化界的进取心。

马晓晖,中国二胡演奏家,在世界乐坛享有声誉,她代表着文社走向世界的信心和意志。

沈昳丽,现居上海。昆曲艺术新一代领军人物。她代表着文社传承中国戏剧艺术的执行力。

宁锐,现居北京。新一代传统文人,他的兰花气质和干净文字,延续着中国文化的审美力。

胡建君,博士、教授。上海文坛的新一代才女,具有诗性的文字和艺术鉴赏力。

宁锐和胡建君,代表着文社的气韵和诗心。

刘亨,现居上海松江。是松江继董其昌、程十发之后,倾力传承传统书画精神的新一代历史性人物。他代表着文社的底气和地气。

刘波,现居北京。文史艺方面都具有学术气质的新一代中国画家。他代表着文社在书画领域对传统的守望和对学养的向往。

孙林,现居青海。具有文心的收藏家。他代表着文社对中国西北地区文化的真诚向往。

汪黎特，现居四川。金石收藏鉴赏家，创立新一代金石全形拓。他代表着文社对传统艺术的一种精致和绚烂的心情。

陈少文，物理学博士。对中国传统哲学、文学和文明物证，多有学术判断力。他代表着文社的深度理性和开阔的眼界。

在介绍了现有的文社成员的情况后，文社将做些什么应该可以感觉到了。

具体来说，我想有这么两条。

一是，文社将致力于文化论坛和雅集，诗文和艺术培训、讲座，文社社刊、文库的组稿和出版等方面日常事宜。

二是，文社成员每个都是一个动力，一个事件。大有益于重建和守望文化家园的事，谁主张，谁负责，文社在各方面尽力予以支持。

最后一个：华亭文社的前景是什么？

这个问题，我想着重讲一下。

华亭文社前景是什么？也就是：我们怎么办这个文社？

华亭文社的机制，各位应该都注意到了，它可能是上海唯一一个吸纳了上海以外的人事参加的、由民政局登记的民间团体。

这样的团体，出现过的有名的大抵有两个，一个是南社，一个是西泠印社。我注意到了这两个团体的不同点。从气象上看，南社比西泠印社大。从气数上看，西泠印社比南社长。从机制层面看，南社是敞开大门的，社员很多。西泠印社相反，到今天一百多年了，社员还卡在几百个。这是西泠印社气数长的奥秘。从本质上看，西泠印社是志同道合的团体，南社是和而不同的团体。而这，正是南社气象大的奥秘。

那么华亭文社，要怎么办呢？要南社的气象，还是要西泠印社的气数？

这个问题再问下去，也就是，我们为什么要办华亭文社？

我想了。我想清楚了：我们正是为了要有气象，才来办华亭文社。

我们不是一个所谓志同道合的团体，就现在十六个成员来看，也明白是一个和而不同的团体。这样一个团体，是更有力量的。我们在重建和守望文化家园这一个"志"上"和"，而我们的"道"，可以"不同"。

前面已经说到，每一个成员都是一个动力，一个事件。这是因为我们"不同"。而我们在各方面尽力予以支持，这应该是每个成员的态度和行动。这是因为我们"和"。

我们文社要的、必须要的，甚至可以说仅仅要的就是气象。

什么是气象？就是把我们的"志"，像火焰一样燃烧起来。既然就是一把火，我们要看见它最壮丽的一刻。这就是气象。

文社的成员，大都是三四十岁的人。为什么是这样？我是想，这样的年纪，是崇尚火焰的年纪，是做梦也想点燃火焰的年纪。我不祈祷文社上百年，天长地久,我指望华亭文社有气象。我指望,在现在这些成员的有生之年,让文社不愧,让文社放出光芒,让文社拥有大气象。

之后呢?不必计较。让后人在史书里,翻阅文社的篇章,就是了。

这一想法,我期望形成文社的决议,现在鼓掌通过。三十年里不再讨论。

最后,我来说一下我想做的事,也就是提出我的主张。

在可以预见的一些岁月里,中国传统文化将再度出现伟大的景象。景象之一,便是出现一批学识深厚,并有卓越见解的人。我们在座的这些人,想来就在其中。这些代表了属于自己时代的文明成果的人们,最需要是一个展现自己、传播自己思想的胜地。到那时,我们华亭文社便将成为这样一个胜地。

一千多年前,唐玄奘游学西天。他除了想为中原带回出自佛教源头的思想和经义,恐怕更多的是想在当时佛学的最高学府那烂陀寺绽放出自东土的人文光芒。他做到了。他作为一个外来僧人，最终在佛教圣殿那烂陀寺开坛授课，并成为举足轻重的思想者。

我想，我们要做的，就是造就一个这样的中国文化的最高学府，一个朝圣之地。让所有学者，都能以来华亭文社开讲而感到自豪。而他们的语言和思想，也必将以文字的形式一直流传下去。

这个主张，可以实现吗？在我有生之年可以吗？在各位的有生之年可以吗？我们一定可以实现，我们怎么可以不实现！

2015.5.23

华亭文社成立大会上的致词

本应是诗人

——序刘旦宅《对比艺术》

许多年后，或者说下几代人中，知道刘旦宅的人恐怕不会少。这不只在于刘旦宅是一个出色的画家，还在于他其实是一个出色的诗人，刘旦宅对诗的感觉至少比对绘画的感觉更出众。在中国历代成功的画家中，内心里把书看得比画重，把诗看得比书画更重的，恐怕很少，而刘旦宅正是其中之一。

刘旦宅生于永嘉，谢灵运写诗的地方。刘旦宅的血脉里，和永嘉的山水一样，流淌着诗的元素。他的画面，只是他独特的写诗方式。然而画的怀抱毕竟太小，实在不如写成诗的文字那么气象阔大。这是刘旦宅的感觉。而这是几乎所有的画家所不能或者无意生成的感觉。刘旦宅是一个出色的画家,他的一生被水墨丹青浸染得气象缤纷。可就是他,竟然执着地颂扬着诗,执着地认为赖以使他成名的画不如诗。

《对比艺术》是刘旦宅用诗一样的心情写就的第一部感觉艺术的书。刘旦宅在书中,写出了中西艺术不同可又同样像诗一般的内核,写出了前人所不曾写过的有关艺术的原生态和今生态。刘旦宅的画达到了如何的境界,在此不需赘述。我只是觉得这部书中所流露出来的一位对诗的钟爱超过了对画的钟爱的画家的感觉,为读这部书的人开出了一个新去处。刘旦宅说在人间或者说人所感知的宇宙所存在的一切人类艺术中,书法艺术是唯一真正出自人类内心的艺术,除了书法之外的所有的其他艺术,都是人心对宇宙的感应,唯有书法艺术,是人心的直接倾诉。刘旦宅这一说是否很客观,我不敢断言,但随着时日的推移,我以为会让人感觉到它的份量的滞重,因为这一说所开辟出来的景致,会让所有有感悟的艺术家得到许多。有时我想,一个人一生有一个很奇妙的想法已经不错，因为伟大的人类，集思广益起来，会在精神上很丰足。刘旦宅在这部书中写出了许多奇妙的想法，这部书已变得分外地好看起来。从一部薄薄的书中读到许多奇妙的想法，简直是一种奢侈，可这部书或许真的给了你这一种奢侈。

刘旦宅是一个画家，他把画画得很出色，很奇妙，可惜他的想念太多，他想念起许多诗人，并花了许多岁月画他热爱的诗人。刘旦宅说他是用一种很美好快活的心情画这些诗人的，而我觉得他的这种美好快活的心情，一定有着一个苍凉的底色。刘旦宅原可以成就为一个诗人，可惜他的诗情给了绘画。这一定使他有些苍凉，因为他原本应该是个诗人。

1998. 10. 12

本应是诗人

寻思文化

——序潘亦孚《收藏者说》

《史记》说"行万里路，读万卷书"，潘亦孚是行过万里路的。他支边进疆的时候，还未成年。他历尽艰辛，一个人从新疆回到故乡楠溪江的深山里。他行了万里路，拖着一颗破碎得太早的心。万里仓皇途中，他来不及体味山川气象，因破碎，这位才17岁的少年听到了自己苦痛的心的呼唤。文化是什么？文化是一种扪心自问的感受。潘亦孚在他未成年的时候就扪心自问了。潘亦孚没有读过诸如《二十四史》那样的万卷书，可他已读着生活，读着人间，他收藏和阅读了20世纪许多书画和许多文人的手迹。书画是成年人的"看图说话"，至于田汉、郭沫若、傅雷、张伯驹、聂绀弩和郁达夫的手迹，无疑是真正意义上的人间诗书。这是不是可以说潘亦孚读过了万卷书呢？我想是的。

上珠穆朗玛峰有两条路：一条是北坡，一条是南坡。对文化这座珠峰来说，文化人和算不上文化人的人分别从南坡和北坡两条路登山，北坡比南坡要险峻得多。正因为险峻，气象和经历自然更壮观。从北坡上得山巅的机会总是很少。然而，既然总是有人上得山巅，北坡总是一条上山的路。五年前，一个陷入窘境的文化人面对潘亦孚纯属友情的资助，十分伤感地说："想不到今生会接受不是文化人的援助。"这位朋友想不到的是，当时的潘亦孚比他更伤感。深深伤感中的潘亦孚觉得文化应该是人的文化，而不只是文化人的文化。之后的潘亦孚关闭了他十分成功的企业，一个人默默地闯进收藏这个纷挠的世界，一个人痴痴地面对书画和文人手迹，一次次扪心自问，一次次尽情地流泪，写下了《收藏者说》里的一篇篇文字。由此我想问，像他那样算不上文化人的人，有生以来是否也一直在寻思着文化呢？编完这本书，我想对读者说的是，这本书与文化人写的书没什么两样，因为作者写这本书，不在稻粱谋，不在求功名，他只是想写，非常想写，他的心在写。

"百岁精神总阙如，神州遥忆陆沉初。断头豪杰阵中戟，托胆书生马上疏。字作灯蛾多赴火，诗殇雄鬼半无庐。料君不只雕龙想，此是羲和揽日车。"以上是我读《收藏者说》后所作的一律。20世纪的几乎所有的惊涛和巨浪都已在我们的头上消逝了，20世纪的一些留下了英名和遗作的人物，已作为一种文化为历史所铭记。什么时候寻思文化被许多人认同成生命本原的过程，我想新的一个世纪可算真正地开始了。

1998.11.15

民间的古玩

——序高阿申《赏陶识瓷》

　　说到鉴赏家,我想历来会让人想到与故宫、博物馆相关的那些人物。故宫、博物馆的藏品,是悠远历史的孑遗,是我们祖先精神与物质曾经达到过的一个景致。到了现代,能把它们的来龙去脉说得很清晰的人物,被称为鉴赏家。譬如耿宝昌、冯先铭、朱家溍。他们的书让人很感动,书的景致也很寥廓,让人正襟危坐地读,读得以为这些写书的人,一定是烟霞供养。

　　然而,让人感动的东西,不会永久地被深藏在庙堂里,兵戈、灾难,会让它们散落四方,而且让人感动的东西,并不只是庙堂里的那一类。广阔的民间,千万年来养育了许许多多。民间的古玩,首先让人们原先对遥远历史的敬意变成了水乳交融的亲近。故宫、博物馆的不可替代,在于它在老百姓的心中升起一种对历史的神往。而民间地摊的不可替代,在于它让那些历史的孑遗在今天老百姓的手中流转小住。故宫、博物馆的馆藏总是让人距离三尺远,民间的收藏却总是让人无限真切地看清它的面目。一些年里,我经常浏览上海出名的福佑路工艺品市场。那市场其实是买卖古玩的地摊。虽则大部分是仿制品或是成交价不高的,但内中不时冒出一些历代民窑精品和各色有价值的书画、杂件。大概谁也不去狂想内中会有故宫、博物馆馆藏级的文物出现,但历代民间的精品,实在比那些供帝王把玩的官窑器,更让人感觉生动。民间生生不息的收藏,让一批人成了民间的鉴赏家。这是有别于故宫、博物馆的另一类鉴赏家。故宫、博物馆的鉴赏家鉴赏古玩从真品开始,而民间鉴赏家鉴赏古玩是从赝品开始的。故宫、博物馆的鉴赏家大概无心甚至是没有信心到满目赝品的地摊去寻觅真品,而民间的鉴赏家却能很轻易地从赝品堆里挑出一件宝物来。因为他们有丰富的地摊经验，甚至知道赝品的老家各各在哪里。而且民间的鉴赏家也清晰地明白收藏还是一门长钱的活，他们能如数家珍地随口说出每一件古玩的市价行情。我在地摊边见过几位很出色的民间鉴赏家，他们不少方面的眼力不会输给故宫、博物馆的鉴赏家，高阿申便是其中很出色的一位。

二十多年前，高阿申还在甘肃平凉讨生活的时候，曾经从废品堆里买回一枚相貌平平的铜镜，而这铜镜是至今传世的几枚殷商铜镜中的一枚。高阿申曾在《文物》杂志上介绍了这一珍品。90年代初，高阿申开始了他收藏鉴赏我国历代瓷器，特别是明代瓷器的心醉神迷的岁月。他获得了很大成功。他在《解放日报》"文博"版上的一系列花心血的文字，在国内权威刊物《收藏家》上发表的长篇论文及数十幅藏品照片，开始确立他作为一个出色的民间鉴赏家的地位。故宫、博物馆的鉴赏家，大都也是出自民间的。高阿申和他们的区别，或许仅在于他至今还在民间。

我很愿意向读者推荐这么一位至今还在民间的

鉴赏家,因为他几乎与我们这些现今喜欢古玩的人同时开始收藏和体味鉴赏。他或许只是比我们中的许多人前进得快一些,而他的经验和教训,对我们来说,或许更贴近更感同身受。

八年前,高阿申赠我一个相貌很粗拙的宋碗,我由此开始神往过去。如今读高阿申的这部书和欣赏书中数十件作者藏品的照片,我的神往心情,更浓烈了起来,不知你看了这部书后,心情是否和我一样。

1998.9.15

谦恭与天分

——序蔡国声《古玩集珍》

蔡国声是个很谦恭的人。当我下笔写他的时候，首先想到的就是这句话。注定与古玩结伴终生的人，不管秉性如何不同，都是谦恭的人。譬如我见过的王世襄、朱家溍，又譬如从书中看出的作者耿宝昌、冯先铭，又譬如和我有过忘年交情的谢稚柳。诸位先生或自矜，或沉郁，或宽厚，或雍容，都脱不出一个共同的心情，就是为人很谦恭。不知是因为面对的时空过于阔大，还是因为面对的景物过于珍贵，珍贵到了过于脆弱的缘故。蔡国声同样传承了诸位前辈的谦恭，他的谦恭，甚至让人感觉成了一种客套。和这位谦恭的先生接触得多了，才明白他的谦恭是生自内心的，是一种很真诚的心情。由此，便放松地交往起来，把蔡国声的谦恭当成了一道风景。

对蔡国声的第二个印象，是他的博学强记。这位从少年时代坚定地走来的古玩鉴赏家，有着扎实的文化底蕴和鉴赏经历。蔡国声是很少有的鉴赏家。他可以对书画、陶瓷以及其他只能笼统地被称为"古玩"的所有的古玩，顷刻间说出"这一个"历史和文化背景、年代和艺术品位以及现时的价格行情。而这样的鉴赏家，他的人生和可以建立功勋的疆域，有些难以估量。在《解放日报》"文博"版主办的碧琅玕茶座，我一次次被他的鉴赏才能感动。我觉得这是天分，这是蔡国声在鉴赏古玩方面的天分。这种天分让人感觉到他肯定在各方面出奇地精明。可惜这是错觉。蔡国声在人生的其他方面，甚至可以说除了鉴赏古玩方面，他并不具有精明的天分。上苍公平，不会给一个人太多的天分。蔡国声便是一例。

出于一种对于独特天分的向往，特意请蔡国声撰写了这本《古玩集珍》，我想在这部书中可以见识他出色的解牛、相马和观鱼的鉴赏天分。而欣赏这种天分，是一种很美的收获。至于常常是"按图索骥"的我辈，或许真的因为这部书，也找到了几匹马，而不是青蛙的话，那就是太美的收获了。

蔡国声用他的笔夹在右手的中指与无名指中间写完了这本书。这样的执笔，是他的习惯。这种与众不同的书写方式，属于与众不同的蔡国声。不知怎的，我有时竟会很羡慕，因为我怀疑这种书写方式或许与他的独有的天分有关。

1998.9.28

往往醉后

——序江宏《赏图品画》

　　江宏是个做学问的人，江宏做的是中国绘画方面的学问。中国绘画理论与中国绘画创作一样，没有结实系统的东西，有的只是写意式的点评。这种点评有时十分精彩，精彩得像是偈语，几乎需要用心灵去感应。江宏的才能，在于他竟然可以把这样的心灵感应，用文字那么清丽流畅地表达出来，而这种表达，又是那么精彩和充满新意。由此，我觉得江宏写的《赏图品画》这部书一定值得一读。

　　江宏放达和好酒。让人常常以为他拥有魏晋风度，看来这是一种错觉。人的心情有着许多底色，每个人都有着丰富而又精致到充满矛盾的心情世界。

前些年游西湖与岳坟，见到温文儒雅的沙孟海所题的楹联，墨色开张雄健，而百万雄兵的统帅叶剑英的题匾，笔力内敛含蓄。初以为有些意外，细细一想，就是一个人的情感的原因。江宏也是这样，他的放达好酒，是一面，而他的做学问是又一面。对江宏来说，放达与好酒，是他的为人与仗义所致，而他的做学问则是他的真性情与主要方面，放达和好酒的江宏，其实只是一个性情细腻、感觉敏锐的做学问的人。说明这一点，我觉得很有必要。因为有了放达，有了好酒，他的书卷气就更加地飘逸和醇厚了起来，他的书读起来就更有滋味。

江宏画画，一如他的好酒一般，总是烟水琳琅，时时有"往往醉后"般的奇肆。江宏的画，有着大画家所必具的笔致和性情元素。只是江宏画画大醉的时分多了些。因为江宏的生命使命好像是学问，或者说江宏把学问看作了他的生命使命。画画成了他的休闲，成了他对于自己内心的放纵和安抚。理论与创作是两个相邻的房间，同时致力于理论与创作的人是可怜的人,因为他们总要走错房间。江宏是一个更为可怜的人,为了他的理论,他把创作的那个房间改建成了院子。江宏有了一个院子,读者也就有了一部很精彩的书。

如此写书的人,除了天赋,还有什么? 江宏还有他的万里行旅,他走过了几乎所有的中国绘画的形胜之地,江宏还有一流的家学,他已故的父亲是著名的教授、大诗人江辛眉。两代学人的风景难能可贵,而江宏成就了这一种人生的难能可贵。两个月前,江宏过他的五十寿辰,我曾写诗作贺:"江东名满亦天然,宏愿由天化巨篇。五柳心情原远大,十洲水墨化云烟。诗饶崔颢晴川句,酒换刘伶白日眠。贺到江郎才不尽,寿筵长似米家船。"读江宏的这部书,或许真有上了米家船的滋味。

1998.10.12

光　芒

——序陈炳昶《沧海遗珠》

　　中国的历史上有过不少伟大的年代。那些年代，有过世界上少有的珍宝，也有着世界上少有的胸襟，那些年代，中国在世界上享有着崇高和光荣。而那些年代的人们，以豁达和开放的心情，乐于将自家的珍宝馈赠外人，传达友谊挚情，弘扬中国的文化，以一种坦荡平和的方式，抒发天下为家的博大心境。日本是中国的近邻，中日两国的文化使者，为着缔造两国间的世代友好，留下了许多永恒的故事。而有关这些永恒故事，常常有一些物留下了千古佐证。陈炳昶的这部《沧海遗珠》，描述的就是中国汉唐以来许多年代馈赠和流传到日本的旷世珍宝。这些珍宝至今尚在，这些珍宝向一代代的日本人,讲述着一个历史悠久的大度和开放的中国。这些珍宝至今尚在,这些珍宝也向一代代的中国人,显示着日本人民的守信和情谊。

陈炳昶曾用几年的时间,详尽考察了这些阔别了故土上千年的中国珍宝。这位以鉴赏文物为人生主要成就的文化人,为这些凝聚着化不开的历史情分的珍宝,化不开他自己的人生情分。他在书中讲述了这些珍宝的一个个来龙去脉,为此他耗去了他的许多生命时节,而让读者可以在一个宁静的下午,很从容地读完它。

陈炳昶在病中写下这部书。在写书期间,他的胃部和他的脑部分别动了手术。陈炳昶十分从容而十分刻意地写成了它,因为这部书是他生命的一个部分。他从重病中走过来,为了他的人生,自然也为了他的书。人活在人间,耗去了一些阳光、空气和水分,也带来了一些阳光、空气和水分。陈炳昶的书,就是他带给人间的有着他生命气息的阳光、空气和水分。

每个人最后都将融进历史,但生命的光芒只有当它焕然四射之后，才该成为绝唱。陈炳昶属龙，21世纪开始的那一年正好是龙年。陈炳昶筹备在那一个龙年举办他的个人的龙年书画展，这是一个美好的期待。我想读了《沧海遗珠》的人，大概也会生出和陈炳昶一样的美好期待。

傍晚，从病中走了过来的陈炳昶对我说，他的书会有许多读者，两年后，他的书画会有许多观众。我记住了他说话时的响亮话音和明亮的眼神。

1998.10.25

不会蜕化的一副楹联

在中国书法篆刻史上，刘一闻是不会湮没的一个印面，是不会蜕化的一副楹联。因为这是一篇为刘一闻的楹联书法所感动起来的文字，很自然，每每溢于言表的便是有关他的不会蜕化的那一面了。

书法是所有的艺术中唯一出自人类内心、描画人类内心的艺术，真正的书法家从不"以书法人"。把字写得再好，写得再规范，写得无可挑剔，写得如唱戏般字正腔圆，到底还是与书法家无关。曾见过"奋我病腕"的老人，将笔墨颤巍巍地拖过纸面，也见过天真烂漫的孩子，烂漫天真地在纸上一字字写去。老人和孩子都让我很感动，因为他们都是用心在写。爱因斯坦是一位伟大的人，他说在人类明白了日心说之后，也明白了人类自身的渺小。这位与宇宙走得很近的伟人，深深感到了宇宙的伟大。我觉得人类在明白了自身渺小的同时，明白的还有自身的伟大。星球、银河，山川、荒原，所有有关宇宙的线条和色块，都不如书法给人的震撼更具冲击力。多少人多少次登上高山，最容易感动的，我想应该是那些舒坦地张开手脚的摩崖石刻。《郑文公碑》和《石门铭》和《大开通》，率真凛厉，顶天立地，让人迎风落泪。王羲之的《兰亭序》，写得很好，只是似有表演成分，娴熟精致的铁划银钩，和落拓狂放的坦腹东床，分明是两个王羲之，实在不如钟繇的《荐季直表》、颜真卿的《祭侄稿》和苏东坡的《寒食帖》。那天在刘一闻窗含石壁的写字间里，一同看他学生的书法集。只听他慨然言道，功力到了，缺的是体验，字只有体验人生，才写得好。喜怒哀乐，皆成文章，斯为好文章，皆成文字，也是好文字。

那么楹联是什么呢？楹联就是"对子"。五代后蜀主孟昶有"新年纳余庆，嘉节号长春"一联，大概是从古第一联。对子除了张挂形式雅致之外，它的内容十分讲究。在此，对仗工稳且不论，光文字就够玩味的了。曾见过不少好的对子，近现代的有康有为、梁启超的，沈曾植、何绍基、李瑞清、于右任的，还有如吴昌硕、齐白石、张大千、吴湖帆的，这些有着大学问的人，写出的对子清气满笺，精光直射眉心。由此可知，写好对子需要大学问、大学养。楹联之于书法形式，一如七律之于诗词，是一种戴镣铐的舞蹈。这世上书家多多，可这种戴镣铐的舞蹈，是很少跳出风姿的。而刘一闻却把这种舞蹈跳得风雅到了一种极致。

刘一闻是一个风雅到了极致的人，我可以肯定这不是我个人的感觉。刘一闻山东日照人氏，他北人北相，可从他的心绪而言，他却是一个纯而又纯的江南人物。刘一闻心细如发，他如细发般的心绪，把这个世界感受得精细入微。风飘白日，雨滴红蕖，小鸟的回眸，鱼儿的饮水，还有月如钩，天如水，玉含烟，石凝冰，尤其在红尘里，青青春草，昏昏灯火，面对三两知己，学人同道，得真学识，见真性情，都会在蓦然间引出刘一闻的男儿泪。书法是人类对宇宙的情意。书法在出生时已拥有了它全部的美意。千百代人的笔只是追踪和流淌一些美。刘一闻并不奢望穷尽书法的全部的美，他想焕发和发掘一些大美。有情有义的刘一闻很直观很直接地走回了书法的出生地，也因了他浓得化不开的情和意，他笔下的线条活跃着至柔至刚的生命力。"命如游丝"这四个字，从浅层次说是说生命的不恒久。其实"游丝"，譬如柳丝萌动，是一种何等顽强的生命力，是不等同于屋漏痕、折股钗，鸿爪勒石的另一类生命迹象。人的生命，其实一开始便命如游丝。而正是因为它注定是悲剧性的不恒久，才拥有勃勃生机，才现出生命的凄美和璀璨。把全部情意都给了书法的刘一闻，渴望着拥有一种完美。应该说他得到了一种完美，他得到了"命如游丝"的完美。他的带有人生深层次深深伤感的风雅到极致的书法，尤其是他的楹联书法，焕发和发掘出来的是书法这个古老和年轻的艺术的大美。

"与有肝胆人共事；于无字句处读书""昼了公事

夜接诗人得句皆堪作图画;修禊虹桥访碑禅智此才真不负江山""曾三颜四;禹寸陶分""洗砚鱼吞墨;烹茶鹤避烟",刘一闻喜欢写这样的对子,也写出了一个很真实很风雅的刘一闻。

很想写出和刘一闻的楹联书法有同样长久生命的文字来,也不知写出了此中真意否?

1998 年 05 月 20 日

不会蜕化的一副楹联

悲情与虚怀

——序《王德水书法集》

十来个月没有见面，见了面，不想他让我欣赏他书法集原稿。这使我很感动，甚至有一些想流泪的感觉。

德水和我有近二十年的交情。我几乎亲历了他的大辉煌和大风暴。作为书画家，他纯真到像一泓清波。作为一个企业家，他纯真到不得不承受商海大风暴。然而极尽哀荣的他，居然会以如此平静的心情承受沧桑，不能不说他是一个真正的大人物。他的胸襟的阔大，到今天这个份上让人们看得很真切。

男儿都渴望成功，拥有一片属于自己的疆场。从陌生的充满陷阱的商海走过,德水可以安抚自己心魂的自然是他的书法。到今天,德水应该更深切地懂得,只有书法才是他的疆场,才是可以让他拥有大成就的一个巨大的疆场。

德水用笔墨安栖他的心魂,出于他的天性,出于他的无奈,也出于他的必然。因为他拥有充满激情的笔墨,拥有世上少见的胸襟。

书法是什么?书法是性格,是真情,是壮志,是梦想。我曾见过德水所书,被镌刻在他父亲墓后高高山崖上的北魏擘窠大字,也见过他留在了许多亲朋手中的行草手札。德水六岁学字,尤其是魏碑,写得雄健苍劲。他的行草独树一帜,融入祖先王羲之的笔意,和自己从绘画中提炼出来的书法之脉,浩气长虹,细致入微,令人耳目一新。

面对德水这部书法集,用学究式的评判,毫无意义。德水的这部书法集,是用他的血泪写成,是他的雄浑大气的自然流露。由壮志与梦想、悲情与虚怀写出的字,自然是世上最美的字。这不是我的杜撰,一部中国书法史,记载的都是这样的字。

我很高兴应德水之命,为这部书法集写序,因为我相信这部书法集具有永久的生命力。

一九九八年六月八日于海上黄喙无恙草堂

水池墨田

——序谢春彦《春彦点评录》

春彦是我的朋友，我很珍惜春彦这个朋友。

春彦原有作为中国文人的十分天分。他的人生经历纷繁与辛劳，许多才情、机敏和智慧，在近乎倥偬的人生奔赴中，一团团、一串串地拣得，更何况他还穿过了像丰子恺、叶浅予、黄永玉和文怀沙那些妙人儿的廊檐，由此人生经历成了他作为中国文人的第十一分天分。中国文人的真正教养，不是来自书斋、来自学堂，而是来自生活，来自颠沛流离，来自荣辱难忘，伟人如孔丘、李耳者如此，不伟大甚至颇渺小如春彦者亦如此。

然而有天分有教养往往大不了。春彦有参禅之心,却无打坐之姿。见大人他有发自内心的谦恭,可到发觉自己被看轻时,会陡然昂扬起来,相信自己是大人。他与文字水墨做游戏,浪费了太多的聪明,他或许真成不了大师,可他已经成了谢春彦。他有时游戏人生,是因为人生有许多时候游戏了他。在许多人生场合,他让各色到场的人,有各得其所的轻松和体面,只是轻松过了体面过了的,据说是恍然大悟春彦不值得称道,甚至怀疑他别有所图。被辛劳摆弄过的春彦甚至喜欢辛劳,他为安放一张大一些的画桌,不惜去另造一栋楼。人不是燕子,为稻粱不免谋得真切和狼狈,春彦也是人,只可惜太多的天分和出自生活的教养,总是让人把他想象得不真切和太狼狈。

如今这样一个人,要来指点一批画画的人。应该说这是画画人的福分。中国的画画,一出生就是一种生动,而关于中国画画的叙说,一出生却是一个匍匐。生动起来的评论,还是有一些的,春彦应该也算一个。昔年齐白石死了,在一个很散漫的中学物理课堂里悲哀着的春彦,在他的课本上堆满铅字和图样的边缘,写下了"万虫同悲"四字。殊不知这四个字，实实抵得上一代评论家关于齐白石铺天盖地的大块文章。这四个字，不管春彦的物理学得如何好，注定了他只能在水池墨田里讨生活。这四个字，也让数十年间的画画人耳根一热，朦胧中觉得有个妙人到时会叙说他。不必指望春彦的笔下会滚动惊雷。只是能把文章写得如火如荼的春彦，总是以智慧的天眼去浏览水墨乾坤，无端流泻出来的许多妙言隽语，不只在纸上让人会心一笑。春彦写的都是朋友，对朋友自然青眼相加，就像我为他写序一样。只是为文为画与为人一般，在什么份上，不用天眼也是了然的。

春彦幼年，随父母流离颠沛，有一只玻璃小钟相伴千里，终也变卖。四十年后，春彦在街上猛见一小钟，同样蓝色，同样斑驳，花六十元捧回家，即刻给家乡母亲打电话。可惜母亲已经忘记了那只钟。时间会忘记许多事情，不管是快乐的还是悲伤的。可有许多事情有些人永远忘不了，那一晚春彦对着钟泪流满面。我想，忘不了往事的春彦写出来的许多人的许多往事，一定也会让读它的人忘不了的。譬如春彦给我讲的那只钟的故事，我一辈子也忘不了。

1999 年 7 月 5 日

每个人必须去种一棵桃树

——序《蒋山青书画篆刻集》

十多年前,在钱君匋先生的无倦苦斋闲聊。我说钱老很像邓小平,他问为什么,我说邓小平在毛泽东他们一辈里,年龄最小,后来就是他留有岁月在毛泽东之后,有机会成就了不朽的功勋。我说您和鲁迅他们交游时也只有十七岁,也由此,您有机会获得了更长久,也更有分量的艺术生命。钱老听后笑了。那回闲聊过后,我久久念着,我开始发觉,这个现象很值得关注。譬如刘海粟当年与康有为交游,也只有十七岁。齐白石早期是木匠,他的伟大人生,也多亏有个王闿运子弟、杨度师兄好出身。艺术不同于技术,技术的发展,可以踩在前人的肩上去摘高出的桃子。艺术不行,艺术家必须从头开始,必须每个人自己去种一棵桃树,用自己的生命的养分、时间去浇灌,去收自己树上的桃子。技术有了公式,大家可以运作。艺术的所有功力,得一点一滴地去实践,去积累。这就产生了一个问题,这就是你的桃树是新栽的,这桃树的生长时间是新鲜的,与前人种的桃树相比,习性、品质,其实是不同的了。而美好艺术永远是时间酿就的,也就是说老树比新树有更多沉淀的美感。钱君匋、刘海粟、齐白石,他们在他们的前人种树的时候,就已经在一边培土灌水了。那些树不属于他们,可树的生长状况、土和水的品质高下,已经深入他们的心灵。在他们种自己的桃树的时候,无疑就树而言,多了幸运和关照。有幸的是蒋山青,也有这样的早年。几年前,见到山青,他说他和我其实在十多年前便有一晤。在哪里?他说,就在钱君匋先生那儿。他是钱老的学生。之后他南游了,十多年方才回来。山青看上去是飘然一人,其实他永远不会一人飘然。譬如我见到他身边的石虎,还见到如今是一百又五岁的章克标。石虎是画家,章克标是文坛老将。山青和他们相交忘年,这忘年带来的最明显的一点就是,蒋山青有着和他年龄差别很大的谈吐和生存方式。说他是遗少,是过了。遗少往往负载着不合时宜的前世的枯槁、桎梏,融化在山青血脉里的,是今天已经很难得的中国人的传统神色和姿态。很明显,山青是个智者,他永远愿意匀出一些力量来,帮助他的长者浇灌他们的树。山青自己的桃树,也因此不同寻常起来。

山青说,他早年的许多伙伴,都不愿相信他可以成为画家,而他却在今天,正是靠画和靠他自己的画画,养育着自己的生活和名声。他的伙伴,看来是圈外人,不知道艺术圈里的种树原理,不知道山青可以种树,还可以种很好的树。中国画很难,它的难不在于难画,而在于难以理解。今天的画家成堆成串,嘈嘈杂杂,都在种中国画这棵树,他们都觉得自己的树长得很精神,可他们中间很少有人理解,新种的树,太细,认你作树,已经算得有福了。山青帮先生从前种过树就不一样了,他的中国画很明显顺着先生的目光,看到了明清,甚至更高古;他的字也没有簇新的感觉,有碑和简的味道了;还有篆刻,涌出许多汉代的干戈精气,虽然年份不同了,可一涉及汉代的烟尘,这树自然有了沧桑的感觉,那树的主人自然就非同一般了。山青的树种得确实很理想,很随他的愿。一个人把几十年的光阴,拉长到了千百年,这个人自然精微之至。在中国画坛,悄悄然站着一个蒋山青,就像夕阳下凝聚着一个远远的背影,很入画,很精神。

这是我为山青书画篆刻集写的一个序。

2003 年 11 月 8 日

他记得张充仁

——序陈耀王《泥塑之神手也》

　　张充仁是中国 20 世纪的艺术巨匠之一。张充仁又是被中国 20 世纪艺术史遗忘的，甚至可以说几乎没有被记起过的一位艺术巨匠。这景象的出现，可能是两个原因。一个是张充仁是西洋雕塑的巨匠。20世纪的中国艺术巨匠的艺术特征是创造性地传承中国艺术法统，并因海禁大开，而拥有中西蹈厉、兼容并蓄的博大胸怀。而张充仁，是一个以纯粹的西洋雕塑为主要成就的艺术巨匠。他是被西方世界公认的罗丹的再传弟子和真正的继承者，在他二十多岁求学比利时皇家美院的时候，便以一个异国人的身份，史无前例地为布鲁塞尔百年宫顶雕刻了人体杰作。百年宫顶共有四个人体雕塑,张充仁雕刻了其中之一。这是西方世界给予中国人的非凡荣誉。之后当他垂暮之年,重返欧洲的时候,欧洲的雕塑早已走过了罗丹。张充仁似乎是以一个过时的雕塑家重新到达欧洲的,可就是这个似乎过时了的雕塑家,让西方世界重新见到了自己的光荣过去,重新明白了艺术其实从来就不会过时,真正的艺术超越时空。然而张充仁是中国人,他的西洋雕塑在他年轻时代雕塑了齐白石、冯玉祥、于右任、马相伯和司徒雷登的时候,曾经震惊了中国,然而属于中国的时间,很快洗涤了这种震惊。张充仁曾经有过机会继续他带来的震惊,就像刘开渠雕塑人民英雄纪念碑那样,他的《无产阶级革命创造中华人民共和国》的大型青铜人体群雕,受到当时的陈毅市长的激赏,被确认将永远守望在黄浦江畔。可惜当时百废待兴,哪来那么多的青铜呵,黄浦江终于流走了有关张充仁的记忆。数十年后张充仁虽然在上海街头留下了聂耳这位共和国国歌的作曲者的雕像,可张充仁到底没有被属于中国的时间记住。还有的原因就是,张充仁仅是个西洋雕塑家,他除了雕塑,几乎什么也不是。虽然这个个头矮小的中国人,在西方世界看来是个巨人。虽然他的内心感觉着自己是个可以骄傲的中国人。可惜,中国人并不知道,特别在中国人远离西洋雕塑的时段里,张充仁怎么能让人记起呢?

我在二十余年前,认识了张充仁,而且张充仁是我认识的第一个中国 20 世纪的艺术巨匠。最初见他是 20 世纪七八十年代在他上海的流寓,黄昏的天光,射进他二楼的房间,一个老人在逆光中,低头改他的稿件。我在我编的《解放日报》"朝花"版上,刊他的艺术评论,还有介绍他雕塑的齐白石、于右任、马相伯、司徒雷登的一组图文,这让当时的《解放日报》的几位总编又惊又喜。应该说明的是,这几位总编是真正的文化人和学者,而就是他们甚至也不知道张充仁。那时正好是张充仁画室建立十周年,有个纪念会,几位总编都应邀出席了。之后,就是张充仁接到了埃尔热的信,要他重返欧洲。一些年后,上海要重建上海解放纪念碑，我曾上书讲到了当年陈毅市长审定的张充仁的青铜群雕方案，未果。之后我在《解放日报》一篇著名文章《上海城雕需要杰作》中，提到了张充仁的《聂耳》，我认为在上海不留一件张充仁的雕塑，从何说起？当时的上海市城雕委员会的主任丁锡满，注意到了这篇文章，以后在他的主持下，这事终成正果。要说明的还有，丁锡满，原先解放日报文艺部的负责人，当年是带教我的老师。

无意之间，张充仁过去了一些年了。我的朋友，上海文艺出版社的俞雷庆对我说，有个作者叫陈耀王，写了一部有关张充仁的传记，并说他们两人都希望我能写序，这让我生出了感动。因为在这名利汹汹的时分，谁还把香烧在了冷庙里呢？陈耀王，一个书生呵，国务院扶贫小组的专家组副组长，一个搞生化食品的科学家，他是把张充仁作为一个课题在研究，在写了。他说他文字不好，可他在写的时候，不时流泪了，我看了他的大作，我也不时流泪了。我对他说，天下什么文字更好呢？就是让自己让别人流泪的文字,一个让人流泪的有关人的故事,还需要形容词,需要什么所谓的描写、润色吗?我甚至庆幸张充仁的传记是由一个所谓的文学槛外人写的,因为一个美好的人,不需要化妆,让他站出来就行了。也许,西洋雕塑,在中国人的心中住不长久。也许过时了的西洋雕塑,换不来现代的掌声和感动。然而,当你看了这部书,当你了解了张充仁雕塑的他自己的手,在法国国家艺术博物馆,和罗丹、毕加索的手放在一起的时候,你一定会明白,其实,张充仁已经在世界的心中开始了永远,张充仁的中国之手,其实已在全世界拍响了中国的掌声。

2003.12.19

他记得张充仁

齐鲁女子画山水

——序《谢鲤丞画集》

　　二十年前认识谢鲤丞，认识了她的中国山水画。一个青春女子画山水，须要有两条，一是天赋的温文，一是天赋的坚韧。那年第一次见到她和她的画，正是这样的感觉。她俊俏的容颜，一如清晨之花，而她的山水，积累着不让男儿的大力量。人生一等大事，是思忖自己是谁，是探索属于自己的那一条生路。很庆幸她在非常年轻的时候，就已明白了自己，就已确信自己属于画，属于中国山水画。因为宿命，非常年轻的时候，她已经把她的山水画得非常之好，在二十年前的上海，甚至赶上她的先生辈。同样因为宿命，二十年来，所有的波涛和巨浪都在她的头上消逝了，唯有画,唯有山水画,提醒和表明着她的存在。她是一个真正的画家,她的每张画,甚至每一笔,都是一种凝聚,都是一种简练。旅日许多年了,那里的葱茏和凛冽都在了笔下,萋萋历历,干干净净。而这番萋萋历历、干干净净,在她是心手相连。她是齐鲁之女,齐鲁山水是她画画的起因,她无数次地画着齐鲁山水。齐鲁山水是孔子的山水,是杜甫的山水,是李清照的山水,也是她,一个流离他乡许多年的女画家,梦牵魂绕的山水。人都有出处,齐鲁就是她的出处。画也都有出处,齐鲁山水就是她画的出处。中国的文化,中国的艺术,历来有南宗北宗之分。南宗是温文,北宗是坚韧。而齐鲁山水是温文坚韧兼而有之,她这人这画也是温文坚韧兼而有之。作为山水画家,有了这样的性格和心情,有了这么美这么有涵养的山水垫底,什么样的教科书,什么样的他乡山水,都只是锦上添花,多多益善了。她十七年前离开故乡。十七年后再见她,竟没有重逢的感觉,没有现在和过去的感觉,只是今天和昨天的感觉,只是觉得太阳又一天升起来了,我们又一次见面了。她的画也不陌生,只是水墨的铺张没那么奢侈了,有的是精致和含蓄。就像一件事,小时候,许多话还讲不清,长大了,几句话就可以讲明白了。中国画也是这样,最工整的画,比如宋代的宫廷画,也都惜墨如金。今天,她沉静优雅,带着同样沉静优雅的她的画,回到她的生地上海举办画展。我相信读她画的人,一定会动心,一定会惊讶:在这浮躁的年代哪来这么安宁的心?中国画在今天改变了很多,一个离开家乡许多年的女子,为什么还能画着这么原味的中国画?我也同样惊讶,甚至因此而伤感。我的惊讶和伤感,是因为我发现,一个人的生命真可以由绘画来滋养,一颗属于绘画的心真能够走得很久远。我为谢鲤丞画展写下这些文字,我相信她的画展会播种许多感动,我也祝愿天底下所有美好的人都有美好的收成。

2006 年 5 月于中国上海

齐鲁女子画山水

高贵的落寞

——序《沈钢画集》

　　沈钢是一个落寞的人，也是一个落寞的画家。我到他的画室，看他的画。感觉他的画室，他的画，还有他这个人，离开这个世俗的世界很远。人在这个世界上，可能高贵的状态就是落寞。人心无法诉说，因为所有的语言都不能坦荡人心。语言化而为文字，更是和人心隔阂了。而人心到底是什么，从来没人说清过。人不能理解自己。人总会在这个世界上迷失自己之前，迷失在了自己的心里。

　　然而落寞的人很难迷失，因为他一开始就让在了众生的边缘。他习惯自己和世界的隔阂。他以这种别人以为最沉重的代价，换取了自己高贵的人生状态。落寞的沈钢把自己的生命意义，托付给了绘画。绘画是一个人的私事，一个人的心力就可以完成。这就避免了世间的言语，只需用无声的画面就能和人交流。绘画也用笔，可这笔不必纠缠文字，只是画出自己的所见和梦境。沈钢的人生表明，一个落寞的人的最好状态，很可能就是做一个落寞的画家。

　　沈钢是沈柔坚先生的公子。这让他从出生的那天起，就经典地走上了一条通向高贵状态的路。沈柔坚是一个杰出的男人。他是职业革命家，又是优雅的文化人。他是缔造新中国的战士，又是出色的画家。他的内心永远洋溢着革命家的激情，他的目光和胸怀却能包涵世界绘画的历史和成果。这让他在他生活的年代与众不同。沈钢就是在这样的父爱的庇佑下，一开始就沉浸在世俗之外的绘画里。他画油画。青年时代去了大洋彼岸，在那里他除了画画，什么都不在意。世俗的眼光以为他很失败。可人要的是什么，高贵还有内心的快乐和成败有没有关系？世俗的人都不会明白。沈钢为了绘画离乡背井，数年后也仅仅是背着画夹回到故乡。这就是沈钢所要的全部。这应该也是他心爱的父亲对他希望的全部。

　　绘画是一种自己和自己对话的方式,是落寞和高贵的人一种经历生命的方式。毕加索就是这样。他所有的绘画经典,无非是让自己心里的话,对着自己说出来,他所有的绘画经典,其实都和别人无关。人家觉得他的画好,大都是因为绘画的技术。他的绘画内中的东西,甚至连他自己也不能全说明白。毕加索最后画出了他的立体主义,这是玩笑也是盼望。人多长了些眼睛,或许能把他的画看明白。梵高也是这样,他哪里想把他的画给人看。他去世后,人家说被他的画感动了,我想梵高如果活着恐怕不会相信。沈钢需要也习惯这样的方式。他绘画的开始和终极的意义,就是他高贵和落寞地活着的一种方式。他的画的底色就是高贵和落寞。因为这,他的画永远安宁静谧。无论是亲人无论是老家,无论是客地无论是故乡,在沈钢的画里,弥漫着的总是不变的大爱的光芒。这是画的境界,也是人的境界。沈钢不是内心叵测的毕加索,也不是把花叶甚至山谷都看成了火炬的梵高,沈钢只是忽然发现自己五十岁了,那些绘画竟然让他那么多的时光过得很快乐。

沈钢想把他的画藏在一起,于是就有了这么好的一本画集。感谢沈钢让我写序。读它的人尽可匆匆翻过,去慢慢品味沈钢的画。

2007 年 6 月 3 日

阴柔和雄强

——序《韩天衡画集》

有关艺术和艺术家，有一句话，说出来，可能要伤许多人的心，那就是：艺术是大众的，艺术家古往今来只是极少数的人。因为做艺术家太难了，内中更多的困难，是艺术家从来就是天生的。因为天生、不由人，所以就难。所以古往今来，真可以被称作艺术家，而把名字留下来的少而又少。然而，在我们生活的世纪之交，有一个人，一定可以作为艺术家而名声留传，这个人就是韩天衡。

韩天衡，除了他的天赋之外，还有许多理由可以称之为艺术家。

其一是韩天衡是一个有着丰富学养的文化人。

中国的书画艺术，说到底是中国文化的一种表达方式。因此，所谓书画家，首先是在中国文化的浸淫之中成长，这是中国书画传承的命脉。只有这样跳动着艺术心脏的人，才是一个艺术家。天衡就是这样。除开书画的创作不说，天衡的文字，有关艺术，有关生命感觉的文字，还有他出入红尘之间的坦荡文心和宁静的步履，都在自然地表明他的可以被称作艺术家，一个在世纪之交浮躁人境之中可以强有力地守护艺术的薪火，平淡而又绚烂传递的艺术家。

其二是天衡的篆刻，已达到孤独求败的巅峰状态。在过去的一百年里，书画与以往的书画，因为风貌的原因不可同日而语，而就篆刻而言，是有着明显上得山来的感觉的。天衡便是一面旗帜，一面把篆刻艺术展开出阔大气象的旗帜。五百年后，再看当下的篆刻成就，可能不以天衡为鉴证，而这五百年间，天衡所开拓的篆刻疆域，会让一代代人受益匪浅。

其三是天衡的书法，草篆一路，分明是把篆刻激情地横溢。这样的字，过去少见，便是他的贡献，多少人在玩艺术，又是多少人在窄窄的独木桥上挤死，有一个人借了船下河，他过河去了。他就是一道风景，他才是艺术家。独木桥上的人们，活上几辈子，也成不了艺术家。

先说了天衡是艺术家，是为了本文的旨要，就是天衡的绘画意义，是想更简明地说明我们应该怎样来看待欣赏和评价天衡的画。一个最初以篆刻出名的人，开始写字，开始画画了。这样的人，时下也多。无论是怎么去玩，只是这个人自己的事，然而天衡是艺术家，因为是艺术家，他的篆刻、书法，可以感动大家，他的画，也必然有他的意义。对大家具有意义。天衡的画，也确实具有意义。现在要来说韩天衡的绘画了。韩天衡的篆刻，已经成为这一历史时段的旗帜，是最经典的贡献。他创造的不是形式，不是符号，而是一种风格，一种内涵，以及一个有着非常广泛的可能性的疆域。这不是我的个人想法，这是一个共识。他的书法呢？他创造的草篆同样不只是形式和符号，和他的篆刻一样，有着非常的内涵和广泛的可能性。

艺术是相通的,何况是篆刻与书画,本是一家亲,艺术家在某一方面达到了高超的境界,便可以非常自然,非常随意地任意出入,可以看似不费吹灰之力地登临那一些高峰。韩天衡的中国画,也是如此。甚至我以为,天衡的中国画,表达的可能是他更为本色的东西,中国画,是他性格和心情的更为明白而坦率的表达,是他对自己的内心的倾诉,在他的中国画里,他可以真正做到自己,而不顾及旁人,不顾及社会的评判和功利,这在原先,他是无意的,因为仅仅篆刻一门,已经让他可以数百年不朽了。他不需要"依靠绘画来垫高自己的地位",然而正是这种无意,却让他非常顺利地达到了一个高度,因为他具备了作为一个大艺术家该具备的全部条件,正因为他无意了,他让人们在他的中国画中见到了一个更为眉清目秀、真真切切的韩天衡。

我一向以为,韩天衡是清隽和精致的。因为内在的清隽和精致,他十分渴望雄强和阔大。这种渴望,天然地酿成了他在篆刻上的血脉偾张。艺术的妙处总是那么让人难言,是因为天衡有清隽和精致的心情底色,他的雄强和阔大,总是那么精到和凝练,总是那么富有内涵和经久的美感。倘若天衡的内心就是那么雄强和狂放,他的篆刻就会有天生的促拙、粗糙,然而天衡不可能有,因为天衡以内心去感受上苍。他的篆刻,正是他的内心对上苍的叩问和音色的姿势。在篆刻这个世界里,就少这样的强者,天衡挺身而出,做成了这样的逞强者。他的草篆温文了得,而在他的绘画里,他完全展示了他的内心模样。清隽、精致,说到底就是阴柔。而阴柔正是人所宿命地拥有的大美,爱因斯坦说,在人类发现了日心说之后,人类显然失去了勇气,因为人太渺小了。说这句话的,恰恰是一个巨人。人的生存形式和生命状态,之所以珍贵与美好,因为人其实很弱小,可真正这弱小的生命,是大宇宙中真正的成长着、开放着的美丽。从天衡所有的人文准备而言,天衡自然明白这一点,也因此,在他历史性的逞强之后,他把自己的画斋,取名为"豆庐"。豆,很小,组织圆润,有质感,又充满生机,也充满天机,这应该是天衡对人的生存和生命的形象诠释。在豆庐中的天衡，很自然地，要有所倾诉，有所伤感，他把他的倾诉和伤感，画了出来，流连着渐渐流去的时光，让它们断断续续地流连在了自己的画里。天衡在自己的画里，感觉着温暖，感觉着亲近，也感觉着自己好像不再孤单了。人们常说，也常常疑惑，天衡的篆刻、书法和他的画为什么如此不同，我现在这样说了，是不是在此道理了呢？在几年前的一篇文章里，我曾经提到，如果天衡的篆刻，工清隽、精致一路，那一路他走起来，一定更加顺畅，成就会更见得光辉。现在我觉得这话未必，一个清隽精致的人，如果听到了历史的召唤，在没有这逞强者的世界里，义无旁顾地逞强，他的历史意义，必然可歌可泣，而且竟然成功了，其中的美，便就有了更高层次的美丽感觉了。

画和所有的艺术一样，毋庸置疑又不可名状。画是人类看到的并因此入梦的世界。因为看到，所以所有的色彩和构图，历历亲炙或似曾相识。因为入画了，也就像梦一样了。所有的看到都成了梦里的邂迤。这个过程便是画真实的成就的过程。这个过程充满文学意义上的通感和错位的审美愉悦。白鹅曲项，担夫争道，公孙大娘舞剑器。还有屋漏痕、折股钗，高山堕石、万岁枯藤。和书画什么相干？怎么就纷纷扬扬，成就了历代赫赫有名的书画家！韩天衡成就的是韩天衡。他的成就过程，有了只属于他的通感和错位。泥匠刷墙，甩出的正是宋元的竹叶？船娘摇桨，在水中的行进正是中锋多变的线条！还有急雨击石、锦鸡啄米，不就是山水苔点？所有的力的凝聚，都是臂、腕、指的一并奋行，是雨的短促疾进，是鸡的整个脑袋的上下。这就是韩天衡的画的筋骨、画的精气神的出处。

中国画说到底就是一根线条。所有的画家毕生都在寻找和展现只属于他的那根线条。巨然、范宽、郭熙、李成，谁也只是获得了一根线条，之后王蒙、倪瓒、石涛、八大、徐悲鸿、齐白石、黄宾虹、林风眠也是这样。线条不是画面上就事论事的行走，线条是一个人的学养、姿态、胸襟、品格、得意和伤心的样子，日常生活和庄严时刻的心情。韩天衡收获了自己的那根线条，一条与众不同，可以自立于大家之林的那根线条。因为他把人做大了。把画看透了，或者说他心中的画很大，他把自己做到了极致。在同辈的画家里，他对线条的崇敬是当世罕见的。没有人可能像他那样，精读了当代所能找到的从古至今的两千余本印谱和印论。这些印谱和印论的最终奥秘，其实就是讲述着线条的奥秘。也极少有人像他那样理解中国画的最后努力，其实就是对线条的努力。走向巅峰的路，最后也就一条。韩天衡通晓这条路。何况，路的本意也就是线条。

　　天衡的画中，经常有一只鸟，三角形的，大家称之为韩鸟。这种鸟，让人有了大争议。赞成的人说，韩鸟是个符号，说明这画是天衡的，有什么不好。不赞成的人说，这种鸟，三角形，不协调，分明是一个硬贴上去的符号，至少不美。这种议论，在理解了中国画的本意就是线条这个奥秘后，就会发现没有意义了。韩鸟也就是韩天衡线条开展的一种方式。天衡的画，去掉韩鸟，也早已浑身静定、阴柔之美溢于言表，何必需要韩鸟来打理，来标志。天衡的鸟，是块垒，是肝胆，就像心有块垒，就像天地也有肝胆一样，阴柔的画面，必然要有雄强的一笔，阴柔和雄强是天衡的内心和使命的两难者，天衡有阴柔的内心，又有雄强的使命，两难并了，成就了天衡。其实人类何尝不是这两难并，而天衡只是在艺术方面，表达和流连这两难并而已。

2008.7.8

阴柔和雄强

看乌篷船趟过

——序《张桂铭画集》

1984年首届海平线画展，张桂铭被戏称为"花布头"的画作展出，张桂铭穿起了西装。这大概是他第一次装模装样地穿起了西装，他穿的是印有他的画的布料精心制作的西装。这一年，他四十五岁，新任上海中国画院副院长。这一年、这一天，他的画惊世骇俗，他的服装惊世骇俗。谁也看错了张桂铭。一个安分外表下的一颗不安分的心，一副平静容颜里的一颗狂野的心，而上苍知道，这就是张桂铭。

他是绍兴人，绍兴城里人。1939年，他出生了，之后生长在小酒务桥边的老街上。他爷爷是起过些波澜的铜匠，到他父亲叔伯辈家道中落。他父亲又是早逝,甚至没留给他丁点印象。他是由他母亲的姑姑养大的。那是个传统善良的女人,年轻轻没了丈夫,就终身不嫁了,只想着把张桂铭养大。没有父爱和只有别样母爱的孩子怎么生长呢?不是独生子却过着孤单的童年生活的孩子怎么生长呢?这是个命题,一个难以预料的命题。然而有一点可以断定,他必定是一个孤独的人,因为孤独,他更可以是一个特立独行的人。更大的问题是他还出生在了绍兴。绍兴是个什么地方啊,绍兴是个大智慧的产地、大英雄的产地,绍兴人的传统,不是永远争第一,而是坚信自己永远是第一。也因此,张桂铭一朝来在这个世界,他已经具备了一种可能性,那就是他可以成为今天的这个张桂铭的可能性。顺便说一下,他出生时还有个很绍兴的小名,叫"五六"。那年他祖父五十六岁。小酒务桥边的那条老街,直通鲁迅的百草园和三味书屋。张桂铭在这条街跑起来的时候,最先和反复听到的还不是鲁迅,而是越王勾践、徐青藤和秋瑾。绍兴人人人都不俗,因为他们是拥有历史的,拥有历史的人们,在饭前茶后，在街谈巷议里面，讲的都不会是俗事。秋瑾有好日子过，可天下大事她不能不管。徐青藤呢，明时名声大坏，到了清代是一等一流了。绍兴人的精彩，不只是讲这些，他们是把人性、人情和人格，看透看穿了。他们喜欢和钦佩秋瑾叉开双腿骑马，因为以往的女人都是并腿侧坐的。他们说徐青藤的那档子事，很明显是集体创作。有一例是说徐和人打赌，去睡一个寡妇。他当晚藏在了寡妇家，天明时分偷偷杀了一只鸭，拔光了毛，压在石头下面。寡妇起来看到了，大骂："杀千刀的，压煞了下面还要拔光毛。"真假难辨了，他没理由不胜了。老街上盛传徐青藤的恶作剧，是因为他们太佩服徐青藤了，忍不住要调侃这位贤同乡，抡圆他的传说。和一代代的小绍兴一样，张桂铭就在这样的美丽和未免荒诞的道听途说里，生长起来。有小酒务桥，就有大酒务桥，两座桥像现在很出名的周庄双桥一样直角相依，桥下两水交流，跨水而筑的还有一座庙，地板漏空，低头可见水上行走的乌篷船。在这里酒和乌篷船都有了，"酒"字刻在了他生地的那座桥上，应该是张桂铭认识的第一个字。他的血液里有足够的能力分解酒精，可惜家里穷，没钱再给他买了。船呢，乌篷船呢，通常是由它捎着去外婆家的，而他早早住在了外婆家。酒，绍兴人司空见惯的酒啊。乌篷船，绍兴人司空见惯的乌篷船啊。张桂铭，一个不同一般的绍兴人，没能把酒放进嘴里，也就不放在心上了。乌篷船呢，七岁那年，他是在那庙的地板宽宽的缝隙上，叉开双腿看那乌篷在胯下趟过，这船也不那么高大了。他就是这样很绍兴又很不绍兴地生长成张桂铭。

人生的全部魅力在于，即便天才，也不会轻易明白自己的人生使命在哪里。张桂铭玩过二胡，因为他喜欢看戏。鲁迅小时候喜欢看社戏，就是在他外婆家酒和乌篷船之间，明明月光下的锣鼓和戏文。鲁迅大概就是因为这社戏，社戏里面的女吊，和因之弥漫的爱恨情仇，渐渐成为文学家。张桂铭和鲁迅应该算近邻，他也喜欢社戏，也喜欢女吊，喜欢那服饰的艳色，大气和触目惊心的艳色，后来成了画家。可原先的张桂铭和原先的鲁迅一样，只有内心的大喜悦和大感动，仅此而已。所以张桂铭好长一段时间玩二胡。和线条的缘分是有的，家里的墙壁上到处是划粉划出的景象。色彩的缘分也是有的，譬如他还玩万花筒，用多棱的玻璃，迎着阳光，让色彩在掌心流泻，让现实的时节改变模样。然而现实并不如人意，不如他和他的小伙伴的意，所以有许多架要打，为了讲清一些到今天也讲不清的小孩子的理，为了消解体内过分的精力。直到有一天老师说再下去学费就不能减免了，张桂铭如梦初醒，读书，读下去，毕竟是任何一个天才生而便知的一条底线。他渐渐平静了下来，二胡，打架，甚至万花筒，渐渐淡出了他的生活，他的心。又是渐渐地，他发现平静其实很精彩，因为平静，他想起了秋瑾、徐青藤、勾践、鲁迅，许许多多历史上的人，也可以用平静的眼光细细打量许许多多周围的人。人真美啊，张桂铭从心里赞叹起来。忽然记起身边有笔有纸，他开始涂抹起来，徐青藤不就是东涂西抹的吗？他最初涂抹的是人，中国画中叫人物。一个远亲住了几天走了,居然留下了《芥子园画谱》。他还买到了张同衡的《怎么画漫画》和哈定的《怎么画人物》。尤其是哈定的那本,里面附有达芬奇以来许多大画家的人物素描。张桂铭内心的,原先沉醉着的巴望突然觉醒了,他想把在心里许多生动的人美美地画出来,他觉得这是他最想做的一件事。他想画人了,奇怪的是他急切要画的竟然是把达芬奇他们的人物素描一一临摹下来,一遍一遍地临摹。他喜欢达芬奇他们笔下的人物,胜过自己心中的人物,这在他开始画画的时候,很重要,因为他心中的人物很朦胧。更因为他是绘画天才,他的真心,这么小就已经被大师的画打动了。天底下历史上,有多多少少画画的人,他们都从小临摹前人的作品,可有几人是因为心被打动? 都只是因为一个途径,画画的途径,从术到艺的途径。张桂铭与众不同,因为他是张桂铭。临摹在他首先不是学习的方式,而是内心快乐的方式,一个天才的画家活着的方式。煤油灯下很容易走出世界,达芬奇他们的人物都能活过来。煤油灯的烟味又是呛眼的,一个生长在中国老街上的绘画天才很宿命地近视了。近视在那时候远没今天普遍，戴上眼镜，会同时拥有一个绰号"四眼狗"。张桂铭没钱配眼镜，没钱拥有那个绰号。就像他的画，已经很有程度了，人家还掉以轻心。

人的命运很可能是事先安排的。年近七十的张桂铭，那个黄昏对我说，他觉得他的命运，怎么想也会相信是注定的。人生的全部美丽，就在它始终是谜，而人一年年活过来，就像在一次次揭开谜底。这些谜很美，所以人生很美。这些谜底呢，有美有不美，无论美还是不美，都只属于你，人生的痛痛快快就这样了，没有如果，无法也不必选择。而张桂铭真是天遂人愿，甚至是出乎意料地好，无法想象地好。黄昏中的张桂铭，说到这里，眼光很温和，内心的满足和敬畏，宁静得就像他绚烂得非常平淡的画。张桂铭开始画画了，他的小学中学班主任不是本身教美术，就是喜欢画画。也因此张桂铭打架被一次次宽容，也一次次被批评得真真切切，很难熬。老师是真喜欢他，是真知道他的能力、天分。他的同学还在全市的学生美术大赛上获取了第一名。他也送了作品，没奖。和所有拥有未来的人一样，他没有嫉妒心，他和那个同学成了好朋友，向他学习。有一天，他感觉到其实成功离他并没原来以为的那么远。这个世界其实很模糊，而模糊常常会让人失去勇气。所以一个出海归来的渔父，会让岸上的人感觉到海的亲切。一个上山归来的樵夫，会让山下的人明白了山的平常。第一名，也和自己一样，在同一个学堂里。这世界平常得很亲切啊。他在初三那年，画了一张漫画，被刊登在了上海的《少年文艺》上，这在学校是件大事了。那时候铅字是非常神圣的东西。"张桂铭"三个铅字印在了杂志上，它所显示的荣誉，许多人一生难求，它会保存和守候一个人天真的情怀、无邪的人格。而这，少年的张桂铭是不太明白的，就像这张刊登了的漫画的名字："莫名其妙"。考场里，一个抄了另一个的答案，开心笑了，不过这答案原本不对，所以"莫名其妙"。而张桂铭的莫名其妙在于："莫名其妙"给他带来了快乐，"莫名其妙"又让他在报考浙江美院附中时名落孙山了。学画不成了,他面前有两条路,一条是读高中,一条是读师范。学费一直是个问题。读了高中还得读大学,还是师范吧,古往今来师范是管饭的。还没等他的雄心冷淡,鬼使神差,他最后是读了高中。在高中,他向往的大学只有美院。他不由自主地又在画,高中三年,他的木刻作品多次在《解放日报》等多家报刊发表。张桂铭就这样被命运的手紧拽着,看起来跌跌撞撞,却是一路走得几乎笔直。高中毕业,张桂铭考进了浙江美院,学中国画,而且是班长。入学是班长,毕业时也是班长。浙江美院给了张桂铭一个梦想,也给了张桂铭一个梦醒时分。他和七个同学被分配到了上海,他分到了文化局。文化局有剧团、剧场、博物馆、文化馆,等等,而命运这会儿揭开的谜面竟然是谁也怕去想的好地方——上海中国画院。这年,他二十五岁。这年,谁也无法也没能力怀疑,是命运安排了张桂铭。张桂铭在这年明白了,自己来到这个世界,是来也只是来做画家的。

二十年后,张桂铭来到了他平生很重要的一年,就是本文开头的所述的 1984 年。和他的"花布头"在地平线画展亮相的同时,他的《画家齐白石》,在全国六届美展获铜奖。过去和未来有时真会出现个里程碑。过去是什么啊,他的《画家齐白石》为标志的人物画,已经造就了张桂铭,四十五岁啊,他已经是一个完成,一个圆满的完成。作为画家,他已不枉度一生。只是他才四十五岁,他的人生使命还不止于此,上苍对他的赐予和盼望还不止于此。同一年发生的两件事,一件指向了过去,另一件指向了未来。这就是张桂铭,一反常态穿起了"花布头"西装的原因。一个绍兴人,一个从小没有亲生父母管教的绍兴人,一个没有亲生父母管教的、由一个传统善良的女人抚养成人的绍兴人,他内心的向往、内心的伤感、内心的狂野和灿烂,有几人能真正明白啊,除了上苍,还就是这时的他自己了。张桂铭说他幸好来在了上海,因为上海的画家是自说自话的。吴湖帆、贺天健、林风眠、关良、丰子恺,还有唐云、程十发,哪一个的面貌都是自己的,不像浙江,大家是抱团的,你中有我,我中有你。

就像那张《画家齐白石》，画得再好，也不过是浙派人物画，出挑又怎么了？只是把大家都在画的画画得好一些，在上海呢，出第二个吴湖帆、第二个程十发，就是怪事了。"花布头"有什么不好呢？人家"折股钗""屋漏痕""高山坠石""万岁枯藤""担夫争道"不传统吗？中国画出生的时候就散了焦点，就填了颜色，就是传统啊。张桂铭的画，除了花布头，还有许多来源，譬如：万花筒、社戏里的女吊、陈老莲笔下站没站相坐没坐相的人物、徐青藤泥沼血泊般的线条，还有潘天寿的填色花卉。有人说张桂铭是中国的米罗，那只能算是笑话。米罗是在日本看到了浮世绘，就学着画了，他还不知道这画的根源在中国。米罗最多是中国画的学生的学生，或许是个好学生，而张桂铭肯定是中国画今天的好画家、好老师了。程十发是当今中国画坛的一个奇迹，作为前辈，他感觉到了张桂铭的不凡，他很明白张桂铭其实很传统，而因为传统，已经走得很美好。他几次给张桂铭题诗，其中提到了张桂铭的传承："新荷开满旧荷塘"。这旧荷塘是说陈老莲和徐青藤吧？这两个早先的大画家，还都是绍兴人。世间事有时真的很奇怪。程十发老是把颜色有意无意地填出线外，人家都说他传统，张桂铭呢，他把颜色精致地填在线内，人家都说他不传统。这大概就是张桂铭与众不同的地方，也是程十发与众不同的地方。传统真的这么难懂吗？应该是的，不然好的画家要比现在的多得多。

绍兴人真是了不起，他们的文化底蕴，他们所有的梦想都像酒一样醇厚、文字一样开阔。他们画画，画到尽头，就画自己的文化了，总是想用画笔去表达文字所能表达的容量和内涵。陈老莲是这样，徐青藤是这样，今天，张桂铭也是这样。走过了《画家齐白石》，张桂铭的画画梦想，不仅是画人物画花鸟画山水，在他眼里心里，画就是画，画是不分人物花卉和山水的。他熟悉中国人的古往今来，他相信中国文化开始的时候是天人合一的。他感觉老子庄子孔子的文章好的原因，就是他们是把人间万象统一起来思考。之后呢，人间的事情多了起来，人的思考范畴被分割成条条块块，就没以前那么文化了，譬如唐宋八大家的文章就没老子他们的好。由这条思路出发，他想到自己的绘画，他感觉自己应该创造一种属于新的绘画语言，一种由中国画传统的线条和墨色构建起来的、新的绘画语言，随心所欲地讲述人间万象，讲述自己的心情和梦想。他以自己的语言先讲述所谓的花鸟，他觉得生活着的花鸟照实画出来，可能既失去了花鸟的意义，也失去了画的意义。在所有的文学艺术里，在画里，和现世的相像，可能是最明显的错误。把花鸟画得不像花鸟，大概就是花鸟画了。因为这花这鸟，一定在你心里开得很久叫得很动听了。人家说他的石榴是"鲨鱼嘴"，荷花像"蒲扇"，他笑了，因为人家已经看懂这是石榴，那是荷花了。他回答说，《水浒传》里人都有诨名的，我给花鸟取些诨名不是很好玩吗？还有，荷花在中国文字里有个称呼叫"田田"，像也不像，可中国人都说好啊，这是文字的味道，也该是画画的味道吧？这就是张桂铭画的内核，这就是张桂铭画的意义。说张桂铭怎么不画人物了是误会，说张桂铭是花鸟画家是误会,说张桂铭画的山水怎么像"地图",也是没有读懂他的画。人间的烦恼,在于有时连一张画也闹不明白。地平线画展到今天,又过了二十年。张桂铭的画,很幸运,有人看懂了。譬如黄永玉、吴冠中、石虎,读到了张桂铭的画,都庆幸和自己共同活在这个世上的,还有一个张桂铭。前三百年和后三百年读画的人呢?大概也不缺知音。因为中国画从它出生的那天起,就具备了所有的美,中国画过去和现在的两端其实是一个方向。所有画画的人,都只是弱水三千,取一瓢饮。

2008 年 3 月 16 日

快乐的书法家

——序《陈小康书法篆刻集》

　　世界上所有的艺术都是源于自然的，只有书法例外，书法是这个世界上唯一出自人类内心的艺术。中国人的伟大心灵创造了书法，而所有的中国艺术都因为书法开枝散叶。书法甚至还是中国文化的本原。中国所有的文化和艺术，都不能和书法失去关联。书法不仅可以让一个人成为艺术家，书法还可以成就一个人的文化人格。陈小康就是因为书法成了出色的艺术家，也因为书法成就了令人尊敬的文化人格。

　　陈小康是出色的书法家。他幼有父教，传承书法。他早年成名，成为中国书法家。和他在普陀区书法协会认识,有幸见到他的书法作品。他写的是纯正的王字,和他为人一样,雅致、沉静和真气流衍。这是写字的人很难到的境界,这是书法和写字两者区别的地方。看上去同样是写,可写出来的就有书法和写字的区别。这个区别,许多人不理解,许多人甚至写了一辈子还不明白。这是遗憾,而有些人就理解了,这些人就有机会成为出色的书法家了,也有机会可以真正享受到书法给予我们的审美和快乐。陈小康就是这些人中的一个。他的字写得毋容置疑地好,面对他的字,总觉得是面对一种温和和蕴藉。这就是书法,这就是好的书法。而这书法的作者,就是一个书法家,而且是一个出色的书法家,这样的书法家内心一定很快乐。陈小康的内心很快乐,他是在尽情享受书法给予他的快乐,他是全身心地享受这份快乐,他的履历、他的荣耀和书法难解难分,浑然一体。说陈小康为书法活着、奋斗着、快乐着,他本人应该不会有异议。

　　也许正是和书法的情分和宿命,陈小康满腔热情地展现了他的文化人格。他是那么真切地感受着书法的审美和快乐，他期望把这种中国人天生具有的审美和快乐，提示给尽可能多的中国孩子。陈小康在他任职的中国上海子长学校，和校长一起开始了至今十年的书法进入课堂的工程。这在中国教育界是破天荒的举动。这件看上去并不起眼的努力，其实是一个伟大的事件。中国的孩子总该把中国字写端正，中国的教育总该把书法教给学生。中国字里有中国人的尊严和壮志，书法里面有中国人的文化和梦想。中国学校的课堂里，放上笔墨纸砚，天经地义。中国九年义务制教育，开设书法课，天经地义。十年了。板凳要坐十年冷！教育界最基层的然而是真正伟大的努力，开始赢得了大感动。陈小康，这么个在人海里不见踪影的普通人，竟有这么奇崛的意志和力量，做一件当时看来十分渺小的事。我只有感叹，感叹书法可以成就的人生，感叹书法可以造就的文化人格。

　　陈小康新出他的书法篆刻集，让我写序。我只写了我对他的为人为艺的感想，没多写他的书法成就，甚至没写他的篆刻，集子里有的是作品，作品会自己倾诉。但不知这样的序，他是否喜欢。

2009.1.20

水墨团聚

——序《石禅画集》

石禅是画家,是天生的画家,是除了画画可能无从事事的画家,是握着毛笔面对宣纸血脉开张通体快乐的画家,是享受画画的奢侈的画家,是以画画养家活口的画家,是日子过得松松垮垮稀里糊涂却把中国画看得很通透的画家,是画只属于他自己的画的画家。

石禅生在上海的边上,生在乡村,生在水乡,生在船上,他是船民的儿子。许多岁月里,船就是他的家。许多岁月里,他的生活没有岸和土地的感觉。他的眼里心里和梦里,都是入画的水天景象。石禅也就此有福了。

中国画在书本里在别人的画里，有山水花鸟和人物的区别，在石禅那里竟没有。石禅画里也有花有树有鸟有鱼有船有屋，还有渔夫和书生。这些深深扎在山崖水浒天际地角的纷纭美意，在他画里有时成群结队，有时孑然飘零。繁华处可见寂寥，简约时不免朴拙。

鱼在枝头，鸟在水中，船在云边，屋在山腹，花在釉下，人在象外，所有的团聚是水墨的团聚，所有的绰约是线条的绰约。那一派水天中的清气啊，就这样养起一个无与伦比的石禅！石禅可以疏忽画坛，画坛无法子疏忽石禅。

认识石禅十几年了。一开始就觉得他就该叫石禅。如此入画的眉眼和神态，最可以做的事就该是画画。天底下所有的画家，画起人来，一定是画他自己。俗人，技法再好，也是俗画。不俗的人呢？画永远不俗。譬如石禅。

石禅属鼠。鼠顾家，他也顾家。这些年来，凭着三寸狼毫羊毫兔毫笔，撑上了岸，安起了大地上的家。

这是丈夫的担当,大丈夫的担当。他所有的担当,竟然就凭一支笔,这就是造化了。造化弄人到这个地步,只能说是奇迹。

好些年里,我认识了好些画家。石禅是其中的少有。我为石禅纷纷扬扬问世的画册,序言写了一遍又一遍。这一遍写得怎样?我也不知道,只知道石禅会将就会喜欢。跑调的歌子,只要唱起来和听起来了,总会让朋友莫名感动,倾心一笑。

2009.8.8

先锋山水的来源和本义

——序《朱敏画集》

　　一个男人与生俱来的思考,应该是对天地和生命本身的思考。对于天地来说,人太渺小。对于生命来说,人又太伟大。所以男人是悲怆的,又是壮丽的。所以是男人就会有一颗怯懦和勇敢的心,男人过往天地之间,一个个被这样的心鼓舞和折磨得死去活来!中国文学和艺术的伟大史书,它的命脉就是这样的心被鼓舞和折磨的伟大过程。中国文学,主要是诗词。《诗经》和《离骚》,汉魏的苏武、李陵、曹操,之后的陈子昂、王昌龄、李白、杜甫、刘禹锡、李贺、杜牧、苏东坡、辛弃疾、萨都剌、夏完淳、黄仲则,直至20世纪的郁达夫、鲁迅、苏曼殊、毛泽东,他们都以一颗男人的心,"独立苍茫自咏诗",他们是中国文学的命脉。中国绘画也是这样。最初在岩画和彩陶上出现的图像、霍去病墓前马踏匈奴石刻、敦煌壁画,之后唐人气象、宋人格局,之后黄公望、董其昌、八大、石涛、徐青藤,到了20世纪,中国绘画依旧悲怆和壮丽!吴昌硕、齐白石、徐悲鸿、黄宾虹、刘海粟、林风眠、潘天寿、张大千、傅抱石,就像日月经天、江河行地,他们是中国绘画的命脉。

当代山水画家朱敏,同样有颗怯懦和勇敢的心。当代和以往不同,时间和空间两方面都出现了伟大的变化。这种伟大的变化,同时让天地旁落,让人情淡薄,让华丽、豪奢和浮躁、不安,斑驳陆离。山水画是中国画最伟大的景象。山水画家所面对的所有问题,到了当代,都变成了一个诘问,那就是:怎样继续对天地和生命的思考?山水画家朱敏生在当代。最初的朱敏,为着自己的心,和谷文达一样,成了先锋画家。不知幸与不幸,朱敏的路程走得很寂寞和很孤独。天地山水不是一个晚上出现在人前的,先锋画家朱敏不断寻探着山水的来源和本义。青春年代的朱敏,报考陆俨少的研究生,他很出挑地站在了陆俨少的面前。陆俨少说董其昌好,朱敏说石涛好。陆俨少说石涛还不如他画得好,朱敏还在说石涛好。朱敏没被录取。陆俨少给了个理由,说他不希望看到又一个谷文达。第二年,朱敏又以最好的专业考分,去见陆俨少。朱敏感觉到了董其昌的好,陆俨少要收下他了。可惜这一年要计较外语成绩了,朱敏还是做不了陆俨少的学生。1986年,张桂铭在一个画展上,看见了朱敏的画,他点名邀请朱敏到上海中国画院开个展。不料"朱敏"这名字不易记,来展出的不是朱敏,张桂铭到场茫然。直到1997年,也是在一个画展上,朱敏的画被施大畏看到了,最终朱敏进了画院。

山水画,中国画中最伟大的景象,在20世纪一群伟大的画家相继去世后,变得很萧瑟了。朱敏的出现,就中国画本身而言是一种必然,就当代画界和朱敏本人而言,都是可遇不可求的偶然。当代人的来处、去处和当下的林林总总,史无前例。朱敏的怯懦和勇敢的心，朱敏的原本在先锋画的图式中不肯撕碎的男人的心，必然在他的山水画中，被鼓舞和折磨得死去活来！先锋和传统看似相反的两端，命脉是一样的。朱敏的先锋山水在黄宾虹的伟大传统里找到了出处。黄宾虹是20世纪伟大中国画家中最具男人气概和底蕴的画家，他的山水画，最具文字景象，是"独立苍茫自咏诗"。黄宾虹的笔墨是男人的历历心迹，这种笔墨，这种丘壑块垒，凝结男人的悲怆和壮丽。他的无以复加的笔墨方式，是沧桑老人情不自禁的无尽诉说，催人泪下。朱敏在黄宾虹那里，看到了自己的前世今生。朱敏的黑金山水，在山水的深处和细部，感受天地和生命的最初和最后的着落，托付自己的怯弱和勇敢的心的最初山水和最后的着落。朱敏的黑金山水，开天辟地，山奔海立，是旷世绝代的雄浑、奇崛、荒诞和乖张。朱敏的积墨方式，是中国画的经典。唐代诗人李贺《雁门太守行》起始几句，"黑云压城城欲摧，甲光向日金鳞开。角声满天秋色里，塞上燕脂凝夜紫"，正是朱敏黑金山水一千多年前冥冥之中的预言。而李贺这样男人的文字景象，历来被认为无从入画的。黄宾虹还是陈子昂"念天地之悠悠，独怆然而涕下"式的寄情山水，朱敏面对的是金粉浮华和铁石心肠。他在他的黑金山水里，上天入地，死去活来，安置的只能是他心的沉着和痛快。读朱敏的画，可以读出朱敏的心跳，还有读画人自己的心悸。

那天和朱敏对坐，喝浅浅的杯中酒，望着他谦和的笑容，感觉到他和他的画必然属于中国绘画史。傅抱石 40 岁画《丽人行》，遇见郭沫若，名满天下。朱敏今年 54 岁，他的黑金山水画的气概和潜力，不下伟大的画家傅抱石，他也一定会遇见属于他的伟大文人郭沫若。

2010.1.2

水墨静好

——序《刘兆麟书画集》

刘兆麟是松江人，他的平生经历也就在松江。松江是上海的历史，或者说上海长长的过去是松江。很少历史包袱的上海，在近百年里崛起了，而历史底蕴深厚的松江，被搁在了现代上海的另一边。这是一种人文的耽搁。这种耽搁的状态，和中国书画在现代的被耽搁相同。刘兆麟也就在这样的耽搁中，成了一种光芒。这种光芒源于松江，折射着现代的上海，和现代的中国书画。

松江人对于人文的崇尚是刻骨铭心的，这种刻骨铭心，造就松江人即使在现代也是文心粲然。说到书画，松江曾经拥有陆机、董其昌。这两位伟大的松江人,在他们各自的时代表述了自己的人文态度,甚至影响和改变了中国书画的状态和前程。还有生逢现代的程十发,他的画,出生在松江的土地上,守望着中国书画对于人文寂寞甚至是违时的崇尚。刘兆麟也是这样的守望者。

刘兆麟的书法从北碑进入,北碑的雄强和开张奠定了他作为书家的人文底气,之后他又从南帖出来,弥漫着凝练和镇定的人文情绪。他的书法传承了陆机以来人文书法的法度和心志,也洋溢着数百年前的董其昌风采所及的、吴昌硕一辈的大度和激情。刘兆麟这样的书法在现代上海和书坛是少见的,他的画同样蓄养着现代书画家的难得的衷肠和清气。因为人文的被耽搁是个事实,也因为人文的被耽搁在了松江这一边也是事实。刘兆麟生活在松江是幸运的,因为在松江,书画家还可以从容找到传统中国书画的来路和去处。

我和刘兆麟见过几次。起初以为他只是一个身心静定的老人,后来才知道他还是一个身心静定的书画家。从浮躁的繁华地来到仍然在往日的温情里的松江，茶余砚边和刘兆麟面对，内心的安宁感觉是非常愉悦的。还记得那天在醉白池读书堂，忽然见到堂前挂着一副楹联，是他书写的。那种浑然到家的气息，让人感觉到文人和读书堂的亲密无间的情分。这种感觉美不可言。天地间这么多人在写字，又有多少人可以让人感觉到情分呢？思想起来，真的不多。

又是一年好春，刘兆麟古稀之年书画集付梓，应命写下这些话语，谨祝水墨静好，仁人长寿。

2010 年 4 月 17 日凌晨

湖光依旧

——序《张大根画集》

上海是个伟大的城市。上海的不朽的建筑和高大的梧桐荫里，居住着无数伟大的家庭。近百年的壮志、梦想、修养和品格的积淀，让这些家庭蕴藉着史诗般的光芒。张大根就出生和生活在这样的家庭里。

张大根是盖叫天先生的长孙。盖叫天是京剧武生泰斗，也是当之无愧的当代中国"一品老百姓"。那年，他在西湖边上的燕南寄庐34间屋里书画家具、文玩收藏被抄，装满了27辆卡车。他被扫地出门，住进了宝石山后破瓦窑。他行走不便，要依靠手的支撑，顺着床沿和桌边，移动身子，才能坐在椅子上。可他精神依然,好像还在燕南寄庐。去破瓦窑看望爷爷的张大根,回来对他的老师张大壮说起他的祖父。他的老师不说什么,只是画了一幅至今仍挂在张大根画案前的水墨画《湖光依旧》。我也曾在一篇文章里,写过这段往事。我曾这样自问自答:"人真可以这样活吗?伟大离我们真是那么近!"

说了盖叫天先生,再说张大根和他的画就不用太费笔墨了。谁都不会怀疑,画画对张大根来说,如不是与生俱来的喜欢,就是从小养成的清闲。这样的家庭、这么丰富的收藏,让生来沉浸其间的张大根,胸怀不可能不宽广,眼界也不可能不阔大。张大根对文玩的收藏和鉴赏,是骨子里的体察和熟稔。他见过和交往过太多的收藏家、鉴赏家和一等的书画家。他75岁了,甚至还和许多年来一样,无论下雨刮风,一个人骑车去古玩地摊消磨时光。可以说他是出于一种喜欢,也可以说他是讨一种清闲,更可以说他是知晓了一种说不清的宿命和缘分。而他画画,对他来说无所谓有意义,对画来说也无所谓有意义。在现在的画家里，极少有人像他那样，是人和画交融在一起不分彼此的，和无所谓名和利等等意义的。

超脱了名利的画，回到了画的本来状态。读张大根的画，和看张大根画画，是一种大痛快。八大、髡残，青藤、雪个、齐白石、傅心畬，还有老师张大壮等等，张大根在这么多前辈那里找到了属于他自己的线条和心绪。良渚玉、秦汉瓦当画像、晋缶唐镜、宋元书画、明清案几椅，还有窗前鸟啼、怀中虫鸣，也都给他的画带来了声色和气韵。在张大根的画里，山水苍茫老成，是千百年来坦荡安详的山水，这样的山水是可以随脚出入的。张大根的花鸟鱼虫是灵气的，活在当下和永远，是可以听出竹喧和莲动的那一种。75年了，张大根饱经沧桑。他的与生俱来又受之于先辈的对这个世界的深情和定力，都画进了他的画里。他的画里有一个梦想的人间。这个梦想的人间，在许多画家的画里不见音信。这个梦想的人间，只属于一个把人间画进梦想的人，一个把画画当作梦想的人。这个人就是张大根。

祝贺张大根出版他的画集。他是我的前辈,我抬头仰望他,祝他的画美意延年,祝他健康长寿。

2010.4.26

溢出画面以外的美

——序《曹用平画集》

认识曹用平先生，算起来大概有三十年了。同时认识的还有他的老师王个簃先生。我比他小三十来岁，他比他老师也小三十来岁。他亲和近人，无论对前辈还是对小辈，都是温润如玉的情感，这让我当初就内心敬重。之后三十年里，大都是不期而遇，很愉快地交谈。那年他的艺术馆在他故乡南通落成，特地告知我了，可惜我未能如约，至今想起来，仍是一件憾事。

曹用平是画家，是千百年来传统意义上的画家。这样的画家，现今是不多见的。近百年来，传统意义上的画家，纷纷走进了历史。曹用平以他的情怀和创作,依旧温润和亲和地表达着传统意义。这种人间和画坛的珍贵,是很难言说的。

画画原本是安宁和美满生活中的雅事,画史上之所以特别提到一些以画谋生的画家,原因就是感叹他们过着不该是画家的日子,却能意外地把画画得那么好。曹用平是过着画家的日子的,他有安宁和美满的生活,他的人品和画品,很自然地都具有了温润如玉的可能性。而他,从容不迫地实现了这两方面的可能性。十四岁的时候,他认识了故乡狼山支云塔的苇一和尚,有缘观摩这位画僧出尘的笔墨。十七岁时,经苇一和尚引领,拜王个簃为师。四十二年之后,他年近八旬,才举办了他的第一个画展。这种内心的安宁和美满,不是常人可以拥有的,又是在传统意义上的画家里司空见惯的。

曹用平的人品有口皆碑。人生有平安,也有灾难,有健康,也有疾病。经历忧患的曹用平,为他的亲人和老师,做出了一个男人应做的一切。他温润如玉。玉是温润的,同时玉比石更具有内涵和力量。在四十年前的那些危难的日子里，曹用平以他做人的道德和尊严，和王个簃风雨与共，被程十发先生称之为"溢出画面以外的美"。这种人间和画坛的真情，在当时和在今天，都获得了有良知的人们的深深钦佩。

接下来要说曹用平的画。他是王个簃的弟子，是吴昌硕先生的再传弟子。吴昌硕是近百年来中国书画的开山之祖，他创立的吴门画派，经王个簃的传承，到了曹用平这里已是三世。到了今天，曹用平已是三世传人中硕果仅存的一位了。三世气不泄。曹用平的画里，清晰精湛地保存着吴门画派的气息和血脉。画派的传承，历来有"守"还是"变"两种选择。现今的画家，大多认为"变"是必由之路，指望成就自己，觉得要尽早找到和确立自己的风格，曹用平应该是主张"守"的。这位内心和人品温润如玉的画家，面对"守"还是"变"这道选择题，其实是选择对了。人生来千差万别，所以所谓"变"，其实是没事找事，反而"守"是很难得的。纵然才情大过王个簃，大过吴昌硕，要"守"出个王个簃，"守"出个吴昌硕来，也是不可能的。原因就是人与人不同，世上没有相同的两片叶子。明白了这个道理，最好的传承和前行的途径，就是"守"。曹用平"守"了。他"守"住了老师说的"敦品力学"，"守"住了吴门画派的气息和血脉，从而不是"变"出了，而是"守"出了一个"曹紫藤"。藤本以书法入画，是吴门画派的神髓。曹用平以藤本饮誉，看起来是"变"的收获，内核里是"守"的结果。这个世界很浮躁，原本清平富贵的画坛，现今也是浮躁不安。也因此，传统意义上的画家曹用平，具有了现今的意义。千百年来的画家，所看重的情怀和才力，曹用平都具有了，他自然而然地站在了现今画坛令人瞩目的高处了。

时光流得太快。曹用平先生年届九十，我也年近六十了。受命为画集写序，兢兢写了这些话。谨祝先生笔歌墨舞，身心静好，笑着向百岁进军。

2010 年 7 月 4 日于上海

奇　迹

——序《夏蕙瑛画集》

"我是老百姓的孩子,出现

这样的命运,只能说是奇迹。"

——夏蕙瑛

与生俱来的绘画梦想

夏蕙瑛是今天中国画的一个偶然,也是今天中国人的一个奇迹。即使在太多浮躁和轻佻的今天,讲述已经出现的奇迹,也不该是一个背时的话题。夏蕙瑛出生在上海浦东一个普通人家。三十年前,夏蕙瑛七岁,她拿起了画笔。那时是共和国开启了伟大变化的时代,艺术不再是一种罪孽边缘的惊惧,艺术开始回归到一种水流花开般的天然。也因此,夏蕙瑛在她拿起画笔的当初,谁也没想到会是一个奇迹的开始。那个伟大时代,同时回归艺术的还有那个世纪的伟大的画家。他们在自己的有生之年,出乎意外地经历艺术的回归,内心的喜悦是无法想象的。也因此,当时画画的孩子能够见到爷爷辈的大画家,领受他们的亲切和尽心的执教也是近乎天然的。这里就有了奇迹发生的可能性。钱锺书说,作家的作品像鸡蛋,读者读作家的作品已经足够,不必非要去会见生了这个蛋的那只鸡。这话机趣,但不确切。因为鸡蛋的了得,在于鸡的了得。而那只了得的鸡,不是它生的一个蛋所能替代的。人生的伟大传承,不是人的作品的传承,而是人心和人的情怀的传承。人心和人的情怀的传承,最好的方式就是言传身教。所谓“与君一席话,胜读十年书”,就是这个道理。这句话,用来评论中国当今的艺术教育,也是一种最直接有效的破题方法。冲龄女孩夏蕙瑛,获得了这样的机会。1980 年,她已见过了刘海粟、谢稚柳、吴作人、李苦禅、程十发、陈佩秋，和大雕塑家张充仁、刘开渠结为忘年交。除了夏蕙瑛，还有不少画画的孩子，应该也会获得这样的机会。这是时代的伟大眷顾，是奇迹可能发生的美妙机会。只是过了三十年，奇迹诞生了一个夏蕙瑛，可能也就诞生了一个夏蕙瑛。奇迹，也就只能读作属于夏蕙瑛一个人的奇迹了，夏蕙瑛命中注定属于中国画。在这个世界上，人其实都有归属的，夏慧瑛的归属就是中国画家。中国画是中国人的旷世梦想，为着这个梦想，中国人的文化记忆，不会被淡忘，不会被懈怠，而且会在所有的时代被表达出来，夏蕙瑛就是这文化记忆在最近 30 年里的一个灿烂表达。夏蕙瑛当时是美少女，她如花的容颜和入画的神情，像个天使。可她的画，水墨淋漓，大气盘旋。她的笔在纸上行走，动静缄默如雷。她总是那么乘兴而来，尽兴而去，她还是个小孩子，却已经触摸到了画的底蕴。平常的人，惊诧这个女孩的画怎么不和她人那样和风细雨，这些人确实平常了些。他们不明白：中国画对每个中国画家来说,是毕生的梦想。艺术所有的伟大和美妙,都在于艺术可以创造出自己不具有的东西。吴湖帆生相壮硕,他的山水却是精致入微,吴昌硕个头矮小,他的花卉反而气宇非凡。夏蕙瑛不喜欢和风细雨,刘海粟见了她的画,会心地笑了,特地给她题了"真气流衍"四个大字。刘海老看出眼前这个小女孩不同寻常的功力,说她的用笔"力透纸背"。一个娇小的女孩,还真能笔走龙蛇。中国画中的线条,累积的是岁月,这个小女孩来不及累积岁月。然而她是夏蕙瑛,她溶解了岁月。她在玻璃板上千万次地行进她的线条,这是她与生俱来的在梦中无数次出现过的线条,不浮滑,不轻佻,而是真正的车辚辚马萧萧,天门阵,八阵图。她在揉皱的宣纸上千万次运行她的线条,这是她在春天的柳枝和燕子的飞翔里,一次次见到过的风中的线条。飞箭不动,无数个静止的箭镞连绵起来的线条,每一点都是沉着痛快!在中国画里,梦想出于线条。中国人的心绪像线条,千丝万缕,妙处难与君说。夏蕙瑛还是小女孩,可她的心绪,因为这中国画,已经纷繁得千丝万缕。她已经记忆起中国人与生俱来的沉湎在心底的文化记忆，这种文化记忆，在她的心里，异乎寻常地清晰和亲切。她和中国画互为你我，不离不弃。她临了一张前人的兰草，陈佩秋见了，惊讶起来，对谢稚柳说，这功力比他带的研究生还好，那时夏蕙瑛也就十来岁。艺术和科技不一样，科技可以站在前人的肩上，继续着前人的功力，艺术不行，艺术需要每个人从头来过，因此留给艺术家的时间总是不多。夏蕙瑛在她还是女孩的时候，已经切入了中国画的正题。夏蕙瑛在走进绘画的最初时刻，同时走进了文学。如果说，当时画画的孩子，都有可能和前辈画家相见和获得亲炙，可像夏蕙瑛那样这么小的年龄，就感觉到文学和画画密不可分，她是那样痴迷文学，只能说她本身就是一个奇迹。夏蕙瑛十三四岁，就见过了丁玲、夏衍。之后她和范曾作诗唱酬，那些端庄沉稳又清新可颂的七律，完全挡住了闻名遐迩的前辈诗人的锦绣辞章。长大后，她成为上海诗词学会最年轻的副会长。随手摘录几首她的诗稿，就可以见出她的

奇迹

天赋诗才,可以感觉在今天的画坛已经失缺很久和很多的珍贵诗情。《三亚行》:"久怀南国梦,千里步云还。纵目蓝天外,游心白浪间。高朋呼满座,细语叙开颜。难得今朝醉,万金换一闲。"《沈园》:"幽径小行探放翁,依依垂柳满园空。多情不愿诗魂散,心绪绵绵锁此中。"《红荷》:"脱俗清新玉宇风,临风袅袅意无穷。未忘长在阳光里,万绿丛中独泛红。"《秋荷》:"金风飒飒入莲房,仙子凌波莫卸妆。我欲邀之图画里,明年归送水云乡。"这些诗有的温润雍容,有的寄意绵邈,有的全然是一副灵秀剔透的女儿心肠。还有她写的《古村》:"欲寻桃源路,携秋楠溪行。村同古柏古,人比清水清。弟望送弟阁,兄送望兄亭。谁又点灯去,远山明月生。"这是一首五古绝唱。我曾经到过她所写的那个芙蓉古村,感觉她的这首诗,文字和心情,眼前可拾,心中可感,景象的真切和朦胧,尽可以体察过往今来。大画家吴冠中向来感叹:"丹青负我,我负丹青。""我负丹青",是他歉疚自己到老还没把画画好。"丹青负我",是他感叹因为迷恋画画,耽误了自己的文学梦想。他画画一辈子,不断在后悔没有把生命托付给文学,因为文学比绘画更接近人的心灵,文学的宽阔和深厚远远超过了绘画。对于文学来说,绘画只能表现它一部分,很小的一部分,微不足道的一部分。有意思的是,吴冠中就是因为明白了这一点,他的画被文学拯救到了现在的这个模样,他本人也成为一个受到广泛关注的大画家。因为所有有文学意义的艺术,当然可能首先就是绘画,才是真正的艺术,真正的绘画。夏蕙瑛从小在她的内心就承受着文学的熏陶,她的内心和绘画的光芒是其实已经不可估量。当时谁都没去想,只是奇迹已经发生。

堪称传奇的人生机遇

奇迹开始发生了,奇迹前进的状态,超出人们的想象。夏蕙瑛,一个老百姓家的孩子,只是因为画画,只是因为会画出有意思的画,她十岁时,作为中央领导的小客人,走进了京华的红墙。夏蕙瑛小小年纪,在前辈画家的心目中,成为奇迹,自然也在当时的媒体成为新闻。在上海的商界前辈胡叔常先生,在《解放日报》大篇图文里知道了夏蕙瑛。他把夏蕙瑛请到了家里。他是个很有修养的长者,他看了夏蕙瑛的画,感觉到了一种由衷的快乐。那是一个出现了伟大变化的时代,百废待兴,振兴中华,胡叔常这样的老人,对于历史的使命是有着深深的担当的。正是因为这种历史性的担当,他感觉到了奇迹的出现,感觉到了夏蕙瑛的珍贵。他写信告诉了在北京的他的胞兄胡厥文,他希望和相信共和国的伟大变化的时代,极为需要和有必要关心夏蕙瑛这个已经发生的奇迹。夏蕙瑛,一个孩子,第一次走进了京华的红墙,作为胡厥文副委员长的客人。胡厥文腾出了自己的一个办公室,作为夏蕙瑛的画室。夏蕙瑛在胡厥文的家一住就是好些天,她和胡厥文合作的书画作品挂满了偌大的办公室。胡厥文每次到上海,都要找来夏蕙瑛,他要知道夏蕙瑛的近况,他要知道伟大的时代,奇迹是怎样行进的。他还把夏蕙瑛介绍给了上海市委宣传部长陈沂和夫人马南。那天是在胡厥文下榻的上海静安宾馆,胡厥文向前来探望的陈沂部长仔细讲述了夏蕙瑛。陈沂告别离去时,胡厥文特地送到门口,还特地轻轻往前推一把走在旁边的夏蕙瑛,让她走在陈沂部长的跟前,好让陈沂再一次记住夏蕙瑛。之后,夏蕙瑛成了陈沂家文化沙龙的常客,她在那里见到了关良、童芷苓、孙道临等在艺术界已经成为奇迹的杰出前辈。她在那里得到很多,因为奇迹像一条河,前浪和后浪的跟随,是奇迹原有的状态。在胡厥文身边的工作人员看来,胡厥文对夏蕙瑛的关爱,只是祖父辈的老人对可爱的小孙女那样的溺爱。夏蕙瑛长得太可爱了,江南女孩的水灵和清丽,该是让出生江南的老人增添了对故乡的怀念。当时的夏蕙瑛也只是感觉到眼前的老爷爷非常慈祥和关爱自己,其实大家可能都想得浅显了,老人对孙辈的溺爱自然是有的,然而不能忽略的是,胡厥文和胡叔常一样,他们的内心的庄严的情感,显然是被正在发生的奇迹打动了。他俩都看出了夏蕙瑛的画画才能,出乎意料地处在通常所见的一些成年画家之上。对于伟大变化中的共和国的衷心祈祷和尽力，他俩都想到要用自己的心情和力量，守候夏蕙瑛这个属于时代的奇迹。出于这个想法，胡厥文把夏蕙瑛领进了宋任穷、习仲勋、徐向前、万里等中央领导人的家。1985 年，夏蕙瑛在北京中国美术馆举办了她的个人画展。那时胡厥文病重，他仍不忘给胡耀邦、习仲勋、谷牧、王震，还有周而复等领导和文化前辈写信，邀请他们参加夏蕙瑛画展开幕式，说这事"很重要"。宋任穷是又一个对夏蕙瑛关怀备至的领导人，他的书房里，长期挂着夏蕙瑛 14 岁时写的一件书法条幅。有次住房修缮，他家搬到香山住了一段时间，夏蕙瑛的那件书法条幅，挂在了他那香山的书房里。住房修缮之后，他又在书房的老地方，把那件夏蕙瑛的书法条幅挂了起来。这位老人，还向夏蕙瑛津津乐道这件事。这是什么样的情谊啊？一个 14 岁的孩子的字，究竟写得怎么好？字写好了，就该受到这么郑重的看待吗？夏蕙瑛回忆这事，感觉到的是共和国和领导人的深情期待。宋任穷温文儒雅,他的字也温文儒雅。他喜欢看夏蕙瑛画画,还喜欢在夏蕙瑛的画上题字。夏蕙瑛画了一幅《荷花》,宋任穷题诗塘,他用楷书抄录周敦颐的《爱莲说》全文。他写了一遍又一遍,他觉得可以写得更好些。好些宁静和美满的下午,共和国的老将军和属于未来的孩子,在同一张纸上,用笔墨抒写着内心的灿烂和祝愿。岁月最后属于年轻人。宋任穷在弥留之际,认不清人了。夏蕙瑛赶到了,只听他说:"是夏蕙瑛,夏蕙瑛。"夏蕙瑛一生忘不了那个时刻那个情景。夏蕙瑛说:"我是老百姓的孩子,出现这样的命运,只能说是奇迹。"1985 年、1987 年夏蕙瑛分别在北京中国美术馆、深圳国际展览馆举办个人画展,习仲勋、胡乔木分别到会剪彩。那时她分别是 14 岁和 16 岁。夏蕙瑛在共和国的阳光里渐渐长大。吴邦国抄录了她的《古村》诗,并立碑于楠溪江畔。2004 年,夏蕙瑛在浙江温州举办个人画展,习近平为她的画展写了前言。人类历史表明,代表人类社会活动包括物质和精神各个领域的高度智慧和在各个领域作出杰出贡献的精英,总会相聚和对话。人类社会和岁月山河一样,具有许多灿烂的时刻,和许多伟大的山巅和江海壮观。可能是出现在中国典籍中最早的画家田子方,就受到当时王的器重,还有唐太宗亲自迎接取经归来的玄奘,达芬奇最后安息在国王的怀里等等,都是人类历史上的伟大相聚和难忘情景。人类精英就像天上灿烂的星斗一样,总是互相照耀的。夏蕙瑛从小就受到国家领导人的关怀和护持,是共和国的一个美谈,对夏蕙瑛来说,是命运给予她的一个奇迹。历来对文人和艺术家,时常有"清高"的说法,以为文人和艺术家应该甘于寂寞,远离尘世。这个说法,是古代文人和艺术家的一种品质。只是"清高"是一种内心的东西,不是社会交往中的一种做派。黄永玉曾和我谈到过"清高",他的说法大意是:文人和艺术家是无从"清高"的。在贫困的境遇里,"清高"连温饱也无法解决,还怎么谈得上向往和寻觅美好。趁着夏蕙瑛的奇迹,谈及有关"清高"这个话题,是想寄托一个在中国艺术史上的旷世梦想,就是希望今天的共和国,出现各个领域星斗互相照耀的盛世场面。这个场面，许多世纪里很少出现，现在是不是可以实现了呢？夏蕙瑛的奇迹，在共和国的伟大行进里，出乎意外又合乎情理地出现了。这是共和国孩子们的福祉，也是艺术和文化、艺术家和文化人的福祉，同时也正是当今中国的福祉。在这里，我们和夏蕙瑛一样，衷心缅怀那些共和国的久经考验的领导人，他们以自己的人格魅力和远见和深情，让我们看到了一个奇迹。同时我们也衷心祝贺，祝贺夏蕙瑛成就了一个共和国的奇迹。

特立独行的创作道路

夏蕙瑛的奇迹，由她的绘画道路令人惊奇地成就。夏蕙瑛没有进过专业的美术学院，甚至可以说她没有进过专业绘画课堂，这使她的绘画道路，被人们看作是夏蕙瑛奇迹的一部分。但我觉得这似乎不该被看作奇迹。真正的艺术，或者说真正的绘画，历来不是，或者说至少不能注定是专业学院和专业课堂教出来的。艺术理论,包括绘画理论永远滞后。艺术创作,包括绘画创作永远先行。就这个意义上说,大画家不在专业学院、专业课堂里出生,并不是奇迹。历来无数伟大的艺术家、伟大的画,各自的来历都说明了这一点。夏蕙瑛的奇迹,不在她沿着近乎天理的艺术家的道路前行,而在她竟然在艺术家的道路上走得那么好。鲁迅说过一段话,大意是,即使是一个诗人,他出生的第一声,也只是哭声,而不会是诗。鲁迅没有往下说。往下说怎么样呢?应该是如果是诗人,他的第一行文字,就必定是诗。同样画家也是一样。不论还是多少稚嫩、多少不见笔力和章法,但出笔的气质和气息,必定是画的气质和气息,这就是真正的艺术家和文学家总是一步到位的事实。夏蕙瑛也是一步到位的天才画家。就是因为这个,夏蕙瑛在她还是小孩子的时候,就已经走进了前辈大画家的家和他们的心。也是同样的原因,她走进了京华的红墙,走进了共和国许多领导人的心。就在前辈画家们打量她的时候,夏蕙瑛也在打量她的已经在中国绘画史上留下了美名的那些前辈。她说刘海粟给她的印象是无人能及的气度，她说，他太让她印象深刻了。人可以活得这样昂扬这样大气？这让一个孩子很兴奋。夏蕙瑛说这样的感受的时候，容光焕发，笑颜出奇地灿烂。这让听着她说话的人，都忽然明白，这孩子其实是找到知音了。这个孩子，这个女孩子，一开始就向往着她所陌生和感觉欠缺的东西，那就是昂扬和大气。这个清秀、娇小的美丽女孩，最初的出手，画的就是昂扬和大气。她在冲龄时候遇见了刘海粟，这是她的福分。有刘海粟那样的气度打底，她是什么样的山水花鸟和人物，都能抵挡过去的了。她在林风眠百年诞辰纪念画展上，看到了林风眠的画。在林风眠的画前，瞬间她感觉到了无声的雷霆，感动来临就像一个不速之客。许多年后，说到林风眠，她说当初林风眠给她的感受是，人和画都要能有很多不必和不能用语言表达的东西，当初她感受朦胧，后来她清晰地知道了，这种感觉可以用一个词来表示，那就是"内涵"。林风眠其实是个很伤感的人，他的一生经历了太多的生离和死别,生命里缺少温馨和美丽,他的画里就执着和永远地出现瓶花、仕女、荷塘、鹭鸶、枫林和小鸟。夏蕙瑛很小的年纪,不会明白那么多。但她是天赋的画家,她从画里感觉到了林风眠的心跳。许多年后,她有一天突然发现她又遇见了林风眠,这个林风眠不是原先见到的那一个,而是她的心里渐渐清晰起来的那个林风眠,又有一天,她发现,她心里的那个林风眠,其实是她自己。又一次她去看一位当代大画家,人家有意收她做学生,她没接口。她很敬重那位大画家,她也明白那位大画家已经站在了当代中国画的巅峰之上。可她还是悄悄离开了,她有许多话许多感受,要画到画里去。她担心自己的想法,用人家的笔法,甚至用那位大画家那样美妙的笔法来诉说,可能也会言不由衷。就是为了这点感觉,这个注定是个奇迹的女孩,一个人往前走去了。她又遇见了吴冠中。吴冠中是当今可数的大画家,他是把生命祭奠给绘画的人。吴冠中的精彩首先在于:他总是清醒地知道文学大于绘画,他总是为绘画的无从美满而受伤,也因此他把自己一颗以为辜负了绘画又被绘画辜负的伤感的心，义无反顾地奉献给了早已成为了他的宿命的绘画。吴冠中的精彩还在于：世界在他眼里总是那么充满画意，世界所有的纷繁无序的慵懒和兴奋，所有的漫不经心的行迹和姿态，都存在着属于他的梦想和美感。吴冠中太会画了，就像他笔下的精致、敏感的散文。甚至也就是一堵粉墙、数杆枯荷、几行天线、若干飞鸟，也让他钟情流连，轻巧入画，从中画出一个谁都确认无疑的物我两忘的吴冠中来。夏蕙瑛喜欢他的前一个精彩。因为也就是这样的精彩，夏蕙瑛走到了遇见她的这一天。因为这样的精彩，其实是绘画奇迹最本真和不可或缺的底气和底色。这样的精彩注定了吴冠中的无可替代，同样，这样的精彩，曾经让夏蕙瑛为他流连忘返。然而，吴冠中的后一个精彩，是只属于吴冠中的精彩，或者说只是吴冠中所以成为吴冠中的前提和成果。对于夏蕙瑛来说，这样的精彩只是吴冠中一个人的景致，这个世界上，所有的景致，可以让人流连忘返，可以让所有的人一时都流连忘返，

奇迹

也可以让一些人永远流连忘返，但都不可能让所有的人永远流连忘返，何况是一个同样宿命地寻找和缔造景致的人。北京的一个拍卖会拍了林风眠的画，成交价远不如吴冠中。吴冠中因此很伤心。这种心情，夏蕙瑛能够体谅到。因为她和吴冠中一样，知道绘画说到底不是取悦眼睛，而是要深入人心的。也正是遇见了吴冠中，夏蕙瑛把自己内心深藏着的林风眠，渐渐读成了她自己。林风眠的画是深入人心的。深入人心的画，它的精神和气息，必将弥漫在尺幅之外浩荡于天地之间。一路走来的夏蕙瑛，到了这个时候，她感觉她比任何时候都接近中国画，而对当今的中国画来说，比任何时候都接近一个奇迹的展现。这个世界的所有的纷扰和美丽，都及不上人稀来得纷扰和美丽。绘画深入人心，是因为纷扰和美丽的人心需要美丽去滋润，需要纷扰去体谅。也因此，绘画的本真只能是美丽和纷扰的，所以所有的绘画意义上的经典取向，可能被大家误读了。艺术可能不需要形成风格和讲究程式，喷薄而出的内心的激情和梦想，可能正是绘画的最初和最后的动力和灵魂。夏蕙瑛以这样的异于常人理解力，释放了她的天赋和睿智。她回到了绘画的原来的状态，她向她的画友，还有一些默默无声的画家和绘画老师，学习中西绘画最朴素的基础和入门的经验。她认为只有在这里面，还可以依稀听到人间产生绘画的最初的探讨，还可以感觉人类羞涩地想用画笔描绘自己梦想的最初的纯真。

从不停息的前进步伐

人最难得永远拥有天地之念。人类经历了千年万年，人类的思想、文学和艺术的内核仍然是天地之念。中国画也是天地之念，同样中国画家的心和中国画家的画，也只能是天地之念。面对浑沌和苍茫的天地，保持纯真、深情，永远不安和腼腆地怀着天地之念，这样的画家才是画家，这样的画家画出来的画才是画。1996年，25岁的夏蕙瑛去深圳洪湖花园画荷花。在湖心的一个小岛上，她一个人画了一个花季。

从荷花的来临，画到了荷花的归去。猛然间她画出了《秋荣》和《红正盛》，尤其是《红正盛》，在她具有里程碑意义。这是一幅怎样的画啊！这是一幅怎样的荷花啊！浩然地来，粲然地去。夏蕙瑛把心给了天地间迎风起偃的荷花，夏蕙瑛把自己看成了天地间迎风起偃的荷花。天地之念，就是画！这里有画家的心，有绘画的根。天地之念，表明中国画不是一个筐，也不是一个"艺"字。中国画是一个矿，还是一个"意"字。筐是一种小气的规矩和范围，矿是取之不尽的过去和未来。"艺"是术的升华，"意"是心的托付。每个人都是以一种自己惬意的方式活在世界上，画家是以画画表达自己怎样在世上活着。夏蕙瑛把心托付给了画画，才觉得才是她的画，才觉得她是真正惬意地活着。十年后，她画出了《赛龙舟》。温州龙舟赛历来激情迸发，经常出现宗族间争胜开打的场面。2006 年，温州龙舟赛再次开禁，夏蕙瑛在乐清白象镇观看龙舟大赛，当场画出了属于她的《赛龙舟》，画面上不见人影，只见水纹如云，只见奋勇的桨，洋溢在水天中间，所有的人的欢呼和浪的喧闹,因此都出现了。到今天,15年过去了,她的作品《佳节》系列、《刘关张》系列和《青田村落》系列惊动了绘画界。她读到一篇题为《风雨天一阁》的文章,眼前浮现的是一把沧桑老去的锁,她想知道,天一阁的这把锁到底锁住了什么。她感觉自己的画笔,可以打开这把锁。她去了天一阁。这是一个什么样的伟大来处啊?那么多的纷纷扰扰的前尘往事,把她团团围住。回来画了几十稿,可惜都是她心目外的天一阁。之后一年里,她渐渐发现,她的心跌落在了天一阁,她要找回她的心,她在范钦塑像前,一个人站了很久,回来又画了几十稿。蓦然发觉,布满内心的悲怆和神圣,和原本的中国画一样,其实都是水墨的。王国维说,学问的第三个境界是:"众里寻他千百度,蓦然回首,那人正在灯火阑珊处。"现在的这幅水墨《风雨天一阁》,起始不是精心创作,只是一个很随意的草稿,把它贴在了墙上,才发觉它就是心目中的"风雨天一阁"了。在评论程十发的时候,我曾经说,程十发是文人画最后的光辉。说这话时的内心

奇迹

感觉是：作为中国画的文学品性，在 20 世纪过去的时候，已经黯然无存了。之后听到吴冠中的"我误丹青"的真诚自责，这种感觉就更见苦痛了。现在读了夏蕙瑛《风雨天一阁》，是不是感觉到了一些安慰呢？应该是的。绘画是否可以像文学那样安置天地之念？可能只有夏蕙瑛提出了这个问题，可能也只有夏蕙瑛努力以肯定的结论回答着这个问题。共和国的绘画史，到今天大致经历了四代人。第一代是经历了 20 世纪上半叶的那一批伟大的画家，譬如齐白石、黄宾虹、徐悲鸿、刘海粟、傅抱石、林风眠、潘天寿、谢稚柳，他们把中国绘画领进了现代中国。第二代是共和国成立之后出现的一批大画家，譬如陆俨少、石鲁、吴冠中、靳尚谊、程十发、方增先，他们经历了共和国的前 30 年的风雨洗礼，坚持着中国绘画的伟大梦想。第三代是共和国成立后 30 年中的绘画精英，譬如陈逸飞、陈丹青、石虎、丁绍光、张桂铭。共和国庆祝了 60 周年华诞，共和国第四代绘画代表，呼之欲出。在这中间，夏蕙瑛应该是率先冒出来的一个。同代画家中，几乎没人具有夏蕙瑛那样的与生俱来的绘画梦想和堪称传奇的人生机遇，几乎没人具有夏蕙瑛那样的特立独行的创作道路和从不停息的前进步伐。同样很少有人具有夏蕙瑛那样的平台和团队。夏蕙瑛在上海拥有私人的"蕙风美术馆"，她的画作具有招商银行抵押贷款的资质。她的团队，是一个把偶然的她带到必然境界的团队。今年5月，在上海开幕的世界博览会，凤冠一样迷人的中国馆里将展出夏蕙瑛的"城市情色"组画：《白领》《红妆》《走秀》《游园》《赛舟》《汇灯》《相约》和《派对》等八幅124 cm×124 cm的画作，标志着现代中国第四代画家，已经绚烂和尊严地站立在了世界的面前。30年前，夏蕙瑛第一次拿起画笔，她才7岁。30年过去了，在中国画坛曾经的偶然，已经成就一个必然。夏蕙瑛必然是一个奇迹，一个许多年后可以由她想念曾经的伟大时代的奇迹，一个长久感动中国人内心的奇迹，一个偶然出现又必然流传的奇迹。

2010.12.24

小人有母

　　吴颐人是一位生活在当下的真实的书画家、篆刻家。说他真实，是因为当下许多所谓的书画家篆刻家，都不真实。

　　中国的书画篆刻艺术，今天行走在一个紧要的关口。所有的有关这些艺术的理解、猜想与壮志、梦想，都被时代的潮汐翻卷、冲刷成不可名状。千百年来经久传承的人文美意与温和情致，被消解到零星纷纭。中国人的美好艺术，甚至深深沦落，类似被叫卖的衣履、被折煞的鸡牛。今天中国所谓的书画篆刻家，其中许多和他们的先人和前辈形同陌路，他们遗忘或丢失了一颗历来的书画篆刻家所具有的平常心，他们遗忘了艺术的来处和缘起。他们的心目中和梦寐里没了过去，也因此他们理所当然地没了今天和将来。吴颐人和他们不一样，他从没怀疑和耽搁过他的平常心。仅仅因为这个不一样，吴颐人除了来路分明，还拥有着今天和将来。

那么，如此要紧的艺术家的平常心，包含着什么呢？

吴颐人刻过一方印，印文是"小人有母"。这四个字，诉说着吴颐人的平常心。这四个字，勘破了艺术家的平常心。

人有母亲，天地有来处，艺术有缘起。时时怀揣着母爱，自然会敬畏天地和沉湎艺术，会觉悟人、天地与艺术密不可分，又同样源远流长。对人来说，天地是一种真实的身外，真实的现世，艺术呢？艺术是人的伟大梦境，是天地在人心中的一种映照和再现。所有的艺术创造，包括书画篆刻的创作，生来都有天地之念、人间至爱。可贵的是，吴颐人从没遗忘和丢失像天地一样无私、像人子一样有情的艺术家的平常心。

艺术家的平常心，包含对艺术渊源的敬畏和见识。中国人的艺术，这里说书画篆刻艺术，有两大渊源可以追溯。一是文化渊源，或者说文字和文心的渊源。吴颐人酷爱文字和拥有文心，他甚至研读了东巴文、西夏碑，就因为文字让他梦牵魂绕。世界上所有的艺术从来不只是技能，艺术是人的脆弱的心和天地之间的赤诚相见。人无法离开艺术，就因为人被自己的情愫纠结得痛快淋漓、死去活来。吴颐人正是为了这样的痛快淋漓的排遣，才下笔奏刀。吴颐人众多的斋名和大量题跋、落款，都透露出他内心的纠结。而这种艺术家的文心纠结，今天在浩如烟海的书画篆刻作品里，已经很少读到。

书画篆刻艺术的第二个渊源，是中国人所有的艺术和技法层面上的渊源。中国人的艺术是一个矿。在它最初出现的一瞬间，已经具备了所有的美和无限的可能性。一个怀有平常心的艺术家，从来不会怀疑这个再简单不过的道理。历来的真实的艺术家，都是辛勤和聪慧的采矿人，他们各取所需，成就自己。吴颐人也是这样的艺术家。秦诏版、楚帛、汉简画像砖，痴迷几十年不改。还有陶玉金石、屏盘缶壶，什么都忙于奏刀下笔。这样涉猎广博，这样潜心深入，都因为他有一颗平常心。吴颐人深深知道，艺术这个矿，为历来的艺术家提供了无限可能性，而他与他的作品，正是实现了的那一种可能性。

艺术家的平常心，自然也表现在，他和他的作品实现了的那一种可能性。敬畏来处和缘起，并不是亦步亦趋，不越雷池。所谓母生九子，连母十条心。连在一起的十条心，其实心情、心思、心期、心气都是不一样的。这就是亲情的完美和丰富，艺术的传承也是这样。如火如荼的艺术景象，是所有的艺术家群英荟萃的结果。然而每个个体的艺术家，都是单独面对艺术、面对历史，创造和享受各自的名声和成就的。在这里，所有的帮村、所有的抱团合力说到底都是浮云。篆刻了"小人有母"的伟大印文的吴颐人，他把仅仅属于他的个体创作，奉献给了母亲、天地和艺术。他是名副其实的人子、天地之子与艺术之子。得之于汉简的朴茂俊爽的独特书风，开启了吴颐人艺术的最初景象。还有篆刻，也就是刀和笔的神形不离，还有和吴颐人的情投意合。有多少人知道，书法其实是绘画的先导，只有书法的指引，才能抵达绘画的堂奥？吴颐人是真知道。单一个汉画像，就把齐白石、李苦禅的来处说得很明了。吴颐人似乎毫不费力，就在他的绘画里，有了齐李的高洁与寂寥。随之他莲花一样宁静的心情、结网一样缜密的心思、陈酒一样醇厚的心期，还有天厩一样浩然的心气的相继出现，他的书法更见磊落，绘画更见清朗，篆刻更见奇崛。还有陶壶、瓷盘、竹简、拓本等等，所有可以奏刀、可以行笔的地方，吴颐人的精、气、神、力，汪洋奇恣，争先到达。吴颐人的艺术世界是律动的，是自由生命的惬意律动。吴颐人的艺术世界又是静定的，是精神境界的浑然静定。谁也难以怀疑吴颐人是一位真实的艺术家，只是又有几人曾经或者可能想到，吴颐人这位当今少见的真实的艺术家，他的艺术生命的来处和缘起，仅仅因为他具有一颗艺术家本应具有的平常心。

去年春暮,吴颐人远涉重洋,在美国举办他的书画篆刻艺术展。展览期间他做了演讲。他讲到了"小人有母",讲到永难忘怀的母亲的恩情,还有母子之间的历历往事。他潸然泪下,全场是阵阵掌声,一片唏嘘。

吴颐人就是这样成为艺术家,就是这样成为真实的艺术家。今天他把他的作品,还有他的平常心,呈现在大家的面前,从而注定了今天是个美好的日子。我衷心祝贺他的展览获得成功,衷心祝愿他健康安顺,祝愿他手栽的艺术之树根深叶茂,风华静好。

2011.2.7

梦不完问道行旅

——序《刘波楹联书法集》

这是一本画家的楹联书法集，画家刘波的楹联书法集。这本集子所拥有的文学才华和书法功力，洞开百家门户，锦绣成堆。

一百年来，文学、艺术抵达高峰后滑坡。现今的中国画，清玩和欺世，不明不白。现今的中国画画家，比起历代，太具戏剧性，也太令人失望。遍地荒芜，出一个刘波这样本原意义上的画家，实在是人间佳种，弥足珍贵。

刘波天赋异禀，怀抱修远，二十年负笈学成，战战兢兢，如履薄冰，镇守一颗英雄心。去年春天初遇，见他笔下花团精禽、砚边窈窕人物，历历晴川，渺渺裙裙,北人高爽,兼具南国清越,暗接魏晋风度、汉唐俊雅,分明是一个来今往古人,气象阔大。今年盛夏,重逢于海上秦汉胡同。忽忽一年,眼前刘波,分明已是人中凤麟。一年里,他行程万里,过麦积山、炳灵寺、莫高窟,通西域,出中亚,石刻壁画,历历经眼,更狂胪历代碑拓数十百计,虽不能比玄奘白马投荒,也已是画坛晨星寥落人了。

画是什么？中国画是什么？一句话：就是一些梦想。庭中花草,想不尽枯荣开谢,楼头山水,梦不完问道行旅。大漠龙沙,自然梦想洞窟。黄昏中的背影,空蒙中的微笑,这么多的佛弟子、供养人,他们的神色,他们的姿势,他们的衣带,他们手中的花,是人文和审美的永远的矿藏。张大千颠沛流离,来过莫高窟,他取了一勺,登上了山巅。刘波也来了,他可能取到很多,他有了属于他的平生大梦,他当然有机会登上山巅。

画家为什么要作楹联和书法？现今成了问题。这在过去的无数年代里,从来不是问题。画,说到底是诗文和书法的敷衍。画是一束光的话,诗文和书法就是这束光的起点。有出息的画家最自然的作为,就是回到起点。没有起点,就没有光。刘波觉得他需要光,他为画这束光来到世间,也为这束光,燃烧自己的所有梦想。他回到了光的起点。只有在起点,他才属于他的那束光,他才可以拥有光年。

这是他的天赋,也是他的虔诚。几十年后,中国画坛会记忆刘波的回溯。中国画坛的未来光年中,必然有来自刘波的那束光。

和草虫鱼鸟共休戚,和江山人物同肝胆。行进在大道上的人,无须旁人议论和帮衬。这样有气象、有神采的集子,打开就是气象和神采。我用这些话作序,只是凭一个读者的心绪,心里纷纭想到的,不禁要纷纭说出来。

2012.7.12

"三羊开泰"

——序《刘铜成画集》

　　我看重刘铜成，一是看重他这个人，二是看重他的画。我从不相信一个不像样的人能画出的好画，再说这样的人画出好画的可能性从来不大。我还从来相信一个能画出好画的人，一定是个像样的人。铜成就是这样像样的一个人。

　　铜成要开他平生一个重要的画展，这个画展要展出他历来的一些好画。他让我写个画集的序言。我想了好些天，想写得有条理，可是老是不敢落笔。为什么呢？我一直在问自己。是太熟悉了？这是一个理由。但一定不是唯一的理由，甚至不是首要的理由。后来似乎想明白了。因为我内心看重铜成，想到他,就思绪沓来,实在理不出一个头绪。于是,我只能想到哪里写到哪里了。在此,先做个表白。但愿有心读这篇序的朋友,原谅。

在认识他之前,阿忠一篇写他的文章,已经刊在我编的报纸副刊上了。两年后,见到他,谈起来才记起了这回事,还想起了那篇文章的题目是"落花时节又逢君"。那是二十年前了,一个下午,当时交通不像现在,记得在路上磨蹭了快两个小时,才到了城西北铜成的家。糊里糊涂一起吃羊肉,清晰记得的是,他家墙上镜框里空空荡荡。问了主人,主人回答是画都被香港一个老头买走了。后来一直重复听他说这句话,有一天问下去了,才知道"香港一个老头"是谁了,就是那个有名的收藏家,林风眠的画数他收藏得最多。

吃羊肉的当口,知道了他的身世。他靠画生活之前,生活得一直很艰难。有一段农场的经历,后来回城了,饭有一顿没一顿的,就喜欢画画。到处流浪,可以说是行乞人间。一路上饿了,就问村子里的老婆婆讨点饭吃。又不能白受恩惠，就画眼前的鸡啊狗的、一些人，还有一点山水，聊作饭资。其实人家老婆婆也不在意，是他心里要还情。就这样，他具有了和张大千那样的能力，就是对天地间万物的神形烂熟于胸的能力。很少有画家像他那样，知道小熊猫尾巴毛色有九节，知道峨眉猴精悍、黄山猴肥硕。他说，各种鱼的眼色不一样，猪的神态很和蔼。画虎不成可以画成犬，这在写意画中屡见不鲜，只是画成犬之前，这虎的模样还是该烂熟于胸的。

他没有画画的老师，但有隐逸在安徽山野之间的有文化境界的老师。就像悟空和唐僧。唐僧不会筋斗云，可他把悟空带成了战斗胜者。他的老师告诉他画画要有文化，没文化不可能画什么画。他老师跟他说过一句话："落霞与孤鹜齐飞，秋水共长天一色，这景色是画不出来的。"他是天赋异禀，他听明白了。他没读过太多的书，可他这辈子文化够用了。他的画上可以题出很好的句子。譬如，他画黑白两株牡丹，他题的是："富贵无须分黑白，贫贱总要论亲疏。"他画一幅山水,题的是:"祖国的好山河寸土不让。"他请陈佩秋先生写副对联,出的是石涛的句子:"江山才子国;花草美人秋。"他的画室名为"抖笠堂",他说他命相缺水,抖去斗笠上的雨水,可见水不少吧？他曾经画过窄长的竖条杜甫《丽人行》,那时他才四十来岁,也是傅抱石画《丽人行》的年龄,可他同样出入杜诗左右,成为那一年全国人物美展的入选作品。那时他只是一个民间的投稿人,而那一年,上海入选这个展览的作品仅两件。毫无疑问,这一年铜成被画坛认可,很快被上海美协揽为会员。

在他画室里让他画个扇面,出个"关公战秦琼"的题目,他居然画下来了,画中两人的眼神还真有隔世相看的神色,马上从容的姿态,都好比梦游一般。又一回,出了个"洛阳少妇不知愁"画题给他,他画了。一个着绿袄的女孩,并着腿,侧坐在马背上,脸侧扬着,望着天空,眼神一派天真,活生生地"不知愁"。这般丹青妙相,可以拿捏的,也就他这样的内心蕴藉的人了。他还画只属于他的老虎,不论是东北虎,还是华南虎,他都能顺手牵来。他给她夫人留了一幅虎,毛色锦绣团簇。"临去烟波那一转","羞答答不敢把头抬",威武和温情难得糊涂在了一起。他的夫人比他少十七岁,结婚时没有婚礼,跟着他过苦日子。他说他欠了她一笔大债,他先画了这匹虎给她,说以后还要还这笔大债,如果这辈子出不了头,就没法还了。那时,上海有个画釉下彩的去处,他也去画了。一支半寸长的羊毫笔,插在上衣口袋里去了。第一次就画成了,画的是一个明代的椅子,还有一匹猫。这猫浑身毛色浓密,呼吸着,就像随时会叫出声来。他给这画起了个名字,叫作"大明风范"。又一回,他去了,还是凭着那支笔,画了苏武牧羊,一个老人,一头羊,还有一个淡淡的太阳,他不愿意让苏武受寒。画得很美。边上有人不解馋,还想看他画几笔。提出再画头羊,他画了。再请画头羊,他也画了。只是说了一句:"这回就'三羊开泰'啦。"厉害的是,画还是很美。

当然,他首先是山水画家。他是以山水画安身立命的。每日里一汪磨好的墨,一碟清水,他就用他那支半寸长的羊毫笔,开始画他的山水画。每天画下来,一汪墨用完了,清水还是一碟清水,好干净。这就是一个好画家的作派和能力了。一幅山水,还有山水长卷,花费他五天、十天,甚至更长的时间。这些时间,现在可以用数十年来计算了。这些时间是他生命的主要成分。他因此很快乐。因为他除了画画,对这个世界好像没什么太多的了解。他的山水画,会在未来书写的美术史里,留下一个记忆。中国画一直有传统和当代的区别,这个区别,大概有两个方面。一方面是技法和心情多寡的区别,一方面是可以传承和不可传承的区别。传统画,对技法可能比心情更为看重,然而传统画可以被传承;当代画可能更看重些心情,但不可传承。譬如,四王是传统画,八大、青藤是当代画。还譬如吴湖帆、谢稚柳是传统画,齐白石、傅抱石、潘天寿是当代画。他是明白这个道理的。他的山水画,走的是中间的道路,他是技法和心情并重,他的天分让他对色彩的运用,到了一种温文尔雅的境地。袖里珍奇光十色,染在山水之间,居然绚烂到了平淡。这是他技法的纯熟，也是他心境的坦荡。他的山水画每幅都是不一样。因为他走过了太多的山水，见过了太多的山水。山水和画山水，让他的人品和心意变得宽阔和仁厚。一个出身贫寒的汉子，长大了没有自卑，没有自弃，也没有自怨自艾，这是很少见的。他就是这样一个男子汉。因为他久久地化身在山水里，人间的纠纷和纠结，在永恒的山水里是没有的。而他就活在山水里。

现在画据说很好卖，但真正像他卖画是唯一收入的画家，只怕天底下还真没有几个。他靠着他那支半寸长的羊毫笔，买了一处住房，买了一处画室，还给父母和丈人家分别买了住房。他还周济兄弟姐妹，还有他的少年朋友和年轻时的同事。大都原先贫寒的人，对于钱的感觉是很紧张的，因为他们知道饥寒交迫是怎么回事。他对钱不紧张，他乐于疏财。他觉得人间的情分更紧要。那年他的一位老师去世了，他千百里地连夜赶去，在老师的坟前大哭一场。师恩难忘，从没想过回报的师恩，更让他感觉到自己做人总得高尚一点。

十年前,我曾为他写过八千字的文章,这时找出来一看,觉得比本文写得更好些。可能是人老了,感动的心情大不如前。那篇文章结尾处,曾补充了三件事,我想拿来补充在这里。

一是他的两个老师,都指示他这辈子不能收徒弟。因为他们认为他没有太多学问,收了徒弟,会误人子弟。二是他有一个九十多岁的父亲,这个老人至今身板硬朗,我见过他,他和我握手时,我感觉是一个谦和的上司对下属的关照。他是一个老工人,活得很通脱,他对烟酒俱贪的儿子说:"你喜欢,就抽就喝,邓小平九十多岁,不也吸烟吗?喜欢就好。"三是他流浪时,曾经在江苏一个淮剧团画过几天布景。有一天,团里少了龙套,硬让他去充数。天性自闭的他上得台去,一下子找不到北。补充这三件事是想说,他是一个遵守师训的人,一个重诺守信的人。他活得很随意,很庆幸他有一个没有多少学问,却很有文化的父亲。文化不同于学问,不出在书斋里,而出在生活之中。他是一个天生的画人,他的情商从来不高,即使在今天,他只是和过去的朋友在一起,不敢逗留在同行中间,远远地大家都好,只怕走近了,会无意伤了人家的心。

要说明一下,他在朋友的一再劝说下,两年前收了一个徒弟。但他表示,首先是做朋友。他的父亲现在已百岁高寿了,这个通脱的老人,让人景仰。他仍然生活在他的亲情和友情里,就像在他的山水里一样,他很本真地生活着。我们应该为他祝福!

2012.11.4

坐在亭子里看风景

——序《赵亭人画集》

　　山西是个古老的地方，一个南蛮之人到得那里，心中满是景仰。赵亭人是我认识的第一个山西画家。见到他的画，心中也不免怀有好感。

　　大都好的画家，都有好的名字，亭人的名字真好。亭是歇脚、避雨和看风景的所在，对亭人来说，歇脚和避雨，是和所有人一样的一种生活的状态，而看风景，就是一种画家的状态了。亭子里的那个人，在做什么呢？作为画家的亭人一定会回答：坐在亭子里看风景。

　　坐在亭子里看风景，其实是中国画家的永远的状态。历史上更多的山水乃至花鸟画，画的都是亭子里看到的风景，譬如宋代伟大的《秋山行旅图》《万壑松峰图》都是。亭子四下敞开，是天开画卷的所在。亭子里看到的风景，四季千秋不败。亭又是古老的用字。它作为重要的字出现，至少在秦汉年代。这就注定了名叫亭人的画家，有追溯上古的愿望。宋代画家很伟大，他们感受着山水的气势和体量，他们要把它整个画出来。这是一个梦想。宋代画家实施着这个梦想，他们在实施过程中，创造了极为壮观的绘画技法，梦想和技法很奇异地融汇在一起，完成了宋代山水画，完成了和天地的契合。只是完成了之后才发现，伟大如《秋山行旅图》《万壑松峰图》，也都只是青山一角，天地一毫。而亭人，不一样。他被他的名字指引，见到了宋以前的有关美的定义，直接画着青山一角，天地一毫，从而他的笔墨，从另一条途径，契合了青山和天地。

亭人的取法，应该还在于他是山西河津人。他的伟大的同乡司马迁，写出了《史记》。这部皇皇巨著，其实所有的文字都是极简的。鲁迅评它"史家之绝唱，无韵之离骚"，其中就有用字极简的含义在。亭人有幸，骨子里有着和同乡先辈相通的美感。

亭人的画是极简的。坐在亭子里看风景,看到了山水花鸟,也就是真实的山水花鸟,在人的视线里,怎么可能精细入微?人对山水花鸟的印象,或者说对某一山水花鸟的印象,怎么可能明察秋毫?伟大的感觉永远是线条,那些独有的美丽线条。亭人,就是这样画出了那些只属于这一个、这一刻的线条。下笔至简,缤纷无边。此心自若,万类静定。这就是亭人坐在他的亭子里看到的风景,和画出来的山水花鸟。

亭人的画里,还有些是画了亭子和亭子里的人的,我想这是他的自画像。坐在亭子里画风景,可以料想亭子里的那个人,也会成为他人眼中的一道风景。

我至今还没见过亭人。自然,对画家的理解,看他的画已经足够,何况还见过他的近照。一个山西人的行状和神色,一个同样可以用至简的线条画出来的本真和气象。祝福他的画家前程,因为他确实有能力和底气走得更好。

2014.5.10

怀念沈柔坚先生

——序王慕兰《那些人那些事》

沈柔坚先生和沈夫人,我是很敬重的。我和他们见面不多,大概就去过一次沈宅,还是匆匆的一个黄昏。可就是投缘,不是因为身份,不是因为职务上的交往,甚至不是因为美术,是因为就着美术展开的一些平静的态度,一些可以见出胸襟的感觉。我主持报社的一个版面,出了书,有两次请沈先生一起签名售书,沈先生都到了。有一次是刚从医院出来,先生说了签售完了就回家,不吃饭了,我竟也没说挽留的话来。因为和沈先生谈饭,想不出有什么意义来。七年前,沈先生过去了。沈夫人嘱我写一首悼诗,我很快写成了。至今回想起来,内中真没有特别悲伤的情绪,为什么呢？我想是一个老人临了没让人们见出老态,清清健健,生死已算不上什么大问题了。

上面说的大抵是私谊。下面要说公义了。沈先生在新中国美术史上是一个很重要的人物,他是美术家,还曾经是新四军的一名战士。新中国成立后,他长期担任上海市美术家协会主席一职。他所在的时代,在美术和美术家的审美上出现了问题,甚至是危机。一大批重要的美术家,内心受到了伤害。一个个把命都搭在了画上的大人物,从内心感觉到了无助、孤单,甚至凄惶和偷安,到了使人不免有了恻隐之心的地步。这情景可以说再有胆量的人也会失去勇气。而沈先生不只是动了恻隐之心,他是以革命家的政治智慧,成全着时代的良知。很难想象一个在缔造新中国的伟大历程中走过来的士兵,会有那样的胸襟和勇气,捍卫着美术的尊严、美术家的尊严。因为他的存在,中国 20 世纪不少重要的美术家得到了成全。吴大羽对沈先生说:"我是不会死的。"林风眠在给沈先生的信中说:"我们在同一个战壕。"我们今天回首这些往事的时候,发觉历史竟然可以这么不可理喻和不可委屈,发觉我们面对历史的时候,会对一些人肃然起敬,譬如沈柔坚先生。

感谢沈夫人编著了这部书,这部可以让人感觉到那些人的音容笑貌、心痕手迹的书。人类的感觉总是在走向未来,然而就人的内心来说,人类其实一直在走回过去,因为人的内心的完美,在我们的先辈,还有父辈,还有先我们离去的至亲好友,一次次被印证和成全。为什么我们的内心可以一年年地安静、沉静起来,就是因为我们拥有过去,我们无限热烈地向往过去。我想沈夫人这么珍重和细微地保存过去的那些人、那些事,那些和高山、大海、日月星辰一样不朽的人和事,就是因为沈夫人的内心一直被人世间的崇高和真切的情感所充满。再一次感谢沈夫人。世界上有许多好书值得读,沈夫人编著的就是其中的一部。最后还要说的是,我很荣幸应命为这部书写序。谨以此序作为一束花,献给载入本书的我们的前辈。书中的我们的前辈,许多无缘一面,而我内心的向往将绵绵不绝。

2005 年 11 月于凤历堂

江春入旧年

——序管继平《纸上性情》

　　中国文化是棵大树，中国字就是这棵大树的种子。中国字美丽如画。中国字是感觉是心态，是人间景象、人生梦寐，无论倥偬和安稳，还是丰润和萧疏，都一样美丽如画。

　　在中国，每个字是一朵花、一片叶，是弦上指尖的音、棋枰中的子，是容光一抹、蓦然一瞥，是手舞足蹈和心跳，还是风筝、响箭、日头和山脊，是空中鸟迹、瓦上轻雷，是明月清风酒，是温良恭俭让。总之，所有的人事和风景，都被中国字包含了。用中国字写成的文章，也是我们身处其间的世界，青是山绿是水的世界。红尘扑面，人影绰约，都被写到了，用不着井井有条。

就这星罗棋布、洪波涌起的样子，才是真实的世界，无论出现在纸上，还是出现在心里。中国字像是画出来的，自然用毛笔书写会很好看。千百年来都是这样，中国字被写得情怀温润，诗意琳琅。

才过去的一百年里，许多人还是这样对待和期待中国字。那是我们的父辈，甚至是祖父辈啊，都写得真好。他们可能是最后一批用毛笔写中国字的中国人了，而且大多已经离去。想到这里，深感无助，甚至不知道自己的人生和文化梦想，究竟被伶仃地搁在哪里了。

中国字非常要紧，毛笔写的中国字非常要紧。我们注意和着力的是文字排列的逻辑性，而漠视中国字本身。我们误会了中国文化。由中国字生根、开枝、散叶、开花和结果的中国文化，生来是万象的一部分，绚烂也好，平淡也好，都有着无限生机和可能性。这是这个世界上真正睿智的文化。就像大树，葱茏和苍莽，立地和参天，从来不是所谓的逻辑性可以讲清的。孔子老子庄子，还有屈原，对中国字的感觉，我们是写不出来了。那是写在竹简上的，比毛笔还要奇异的感觉。即使是很晚出现的《红楼梦》，我们也写不出来。我们不缺作家，但没有诗人，不缺学者，但没有文人。20世纪那样星汉灿烂的用毛笔字感觉中国字的诗人和文人，离我们越来越远，这种应该感觉到的哀伤，也很少有人感觉到了。

让人欣慰，继平也想到这里，也感觉到了哀伤。一些年来，他所能遇见的20世纪诗人和文人的伟大的字，用毛笔写下的那些伟大的中国字，他都读了，还把读了的感觉写成了这本书。既然伟大的文化、伟大的字可以穿越时空，那么，今人就没有理由停顿自己的向往，向往凭着隔世的字和文化的光芒走进不朽的诗人和文人的心。文化首先不是功名的利器，文化是一个人成为真正的人的最初和最后的基石。为此我们常感哀伤。唐代诗人王湾有句非常好的诗："海日生残夜，江春入旧年。"我们就依照他的感觉，流连以往。我们的文化感觉不够，我们向往从我们的父辈和祖父辈那里获得力量和情怀，获得信心和前程。

　　在这里，我衷心祝贺和感谢继平写了这本书。因为这本书的意义，远远不止它是一本书。

2010.5.26

壶中夏日长

——序夏洪林《紫砂人生》

这篇文章写夏洪林和洪林壶。要写他和他的壶，应该先写一下壶还有紫砂的来由和处境。

古人说，万物皆器。意思是，所有的物，都是若干时间和空间的一种存在方式。譬如案头席上，杯盘觚斛瓶钵壶生生息息，无一不是。特别是壶，很可以玩味。壶，是积蓄、酝酿和守恒，是从容不迫的闲适，雍容大度的吞吐，像极了人生，缓缓、迢迢的过程。壶是最和人契合，最适宜和人面对的。壶，大抵是储酒、煮茶。汉唐酒淡，不倾大壶不能享酒醉；明清茶细，不是紫砂不能得茶味。如今酒壶已成往事，茶壶才到盛时。

紫砂壶，取形同佛手，煮茶似莲香。说它是今人的一种不舍的梦寐，当不为过。宜兴丁蜀，真是天意呈祥的地方。那儿所产的紫砂，满天下都找不到。细细想来，紫砂壶的珍奇，在文、质、情、色四个字。所谓文，是说它与生俱来就是中国人的模样，温良恭俭让的五大美德，一样不少。所谓质，是说它看上去朴拙粗粝的紫砂质感，抚摸时却像婴儿肌肤。所谓情，是说它数百年来倾倒了多少文人为它铭文、镌刻，捧着它消遣锦时流年。所谓色，是说它天然地空空襟怀，竟然可以有千般颜色，就像女娲当年补天的遗珍，一坨坨，一盏盏，可以怡倦眼，安心魂。

现在再说到夏洪林和洪林壶，应该很容易了。他和他的壶给我最初的印象：两者是一样的。所谓人壶合一，他和他的壶，都逃不脱这个宿命。有些悲凉的是，这个宿命是不该逃脱的。很多人一辈子下来，也遇不到这个宿命。这是我欣赏夏洪林的地方，他的长相、神情，甚至举止和思索，都和紫砂壶给人的朦胧气息相似。这就是他的宿命了。由此不难理解，他储存了超乎寻常的大量紫砂泥,他对紫砂具有的虹霓般七彩的沉湎和敏感,他创作的以他名字命名的紫砂壶,所有形制,总是那么大气、内敛。他的壶获得海上不少文人、艺术家铭文,他是如此珍惜文人、艺术家和他合作的紫砂壶。这些有着因缘的紫砂壶,成为他家长物和案头清玩。他是卖壶人。他卖壶,为的是他要养家,也为他实在离不开他的紫砂壶。

万物皆器,其实人也是器。所谓器宇不凡、君子不器、大器晚成等等,都说到了这个道理。器宇不凡,正是一个人可以到达的内心灿烂,还有襟怀和气度。君子不器和大器晚成,说的是漫长的人生渐渐臻于完美的过程,人生是不可以局促于一个小器,贪恋小小的获得的。人生的行走和徜徉,都是或者只是为了寻求一种完美、一种内心的安详和精神上的丰裕,这种感觉很像紫砂壶那样的坦然和虚怀。我想夏洪林也是这样地享受着人生,这就很可以玩味了。"壶中夏日长",是我写给夏洪林的句子,我祝愿夏洪林的拥有紫砂壶的如今和未来的日子,景致静好,称心如意。

壶中夏日长

我觉得上文说到的夏洪林给我的人壶合一的最初印象,将会连绵下去,成为人们对他和他的紫砂壶的长久印象。

2010.11.15

往事动人

—— 序孙海鹏《翼庐慵谭》

　　三年前在辽海盘龙寺，初次见到海鹏，那个黄昏，汇聚着许多秀慧的人。奇怪的是，海鹏在人群里熠熠生辉。他还是一个年轻人，也不见个头，可就是他熠熠生辉地出现在那里。这不能不让人信服人和人是不同的。他的老师张本义先生，晚他半个时辰到来。见了本公，我对辽海的文化山脉倾情佩服，也感觉到了海鹏的出处。海鹏异于常人的清俊儒雅，不是一种外在，而是内心修为的光芒。辽海和上海，不约而同地都自称为海上。尽管南北是一个区别，靠海却是共通的。靠海的人，胸中的辽阔和爽朗，足以彼此相许。应本公和海鹏的邀请，第二年我到大连图书馆所属的白云书院漫谈诗词。本公和海鹏分别主持着大连图书馆和白云书院，到了那里，有了和海鹏许多的交谈机会，感觉白云书院里的海鹏，是名副其实的文人，他的为人和为学一样温润如玉。在铁石心肠、金粉浮华的当今世界，海鹏无疑具有传奇意义。去年，我有机会先读了海鹏这本书的一部分文稿，这让我更加清晰地有了知音感，还有了一种珍重的心意。所有的史书，都不免冠冕。往事不再动人，历史已薄削如书签。而真实存在过的昨天，往往经由文人的笔记和当时漫不经心的备忘，很意外、很在理地仍然在读它的人的心头活着。只可惜这样的做着笔记和备忘的文人，在昨天和昨天以前司空见惯，到了今天，却是少而又少。称他是凤毛麟角，也可能是一种夸张了。然而海鹏的宿命，就是这样地在别人的眼里，尤其是在同代人的眼里，成为一种夸张。他的这本新书现在要出版了，我祝贺他，同时深为感慨。那些在书里记载的有关辽海书画的人事，原生态的样子，让人看见了真切的往事和历史。那些被记载的人事，不是为着身后的被记载,而努力活过。然而生生不息的中国人的往事和历史,对于后人来说,真的很重要。感谢海鹏踏破铁鞋做成这样重要的事。很愿意为这本书作开场白,并且敬请读者快快翻过这页,去慢慢欣赏海鹏做的笔记和备忘。

2010.12.28

立 雪

——序耿忠平《韩流滚滚》

　　这是一本值得关注的书。不仅我们这些人，不仅现今不同年龄的人，都值得关注这本书，而且，我相信，以后好些岁月，十年百年，甚至更久，都会有人关注这本书。

　　这本书是耿忠平写的。他的主要身份是画家。可他会写文章，于是他是艺术圈里可以或可能更出挑的一个人。他还是韩天衡先生的弟子，于是他有机缘写这本书。这本可以长久流传的书，不论他写得出色还是平凡，都注定会长久流传。何况，他的文字如数家珍。

　　韩天衡是在中国篆刻史上注定深深镌刻下名字

的一个人。中国篆刻史上，除了远古和中古时代不曾留下名字的那些大匠，以明清以来所有的具有旗帜意义的篆刻家计，韩天衡足以排名前五位。同时，作为一个从篆刻出发的艺术家，他的金石锋芒和气概，无往而不胜，无论书画和文采，莫不如此。

韩天衡是真正的一代宗师，他的篆刻艺术甚至已经属于和开辟了未来。只有韩天衡，收下了数以百计的弟子。这些弟子，不是泛指的课堂上的学生，而是来自五湖四海的、各各怀着一颗艺术的心的、来到韩门的真正愿意立雪期待的弟子。我曾应韩先生的邀请，参加韩门的师生聚会。数十桌因为师恩和艺术真正痛快着的五湖四海的人们，济济一堂。这是俗世少见的艺术景象。这个世上，艺术真可以让人获得大欢喜。

转眼韩先生已经七十多岁了，为着中国人视作尊严的印信，为着中国的书画篆刻艺术，韩天衡贡献和依然贡献着他自己，与此同时，他还把他的弟子，带到了篆刻史的章节里。他的弟子是幸运的。那些和篆刻同样有着情分和因缘的他的弟子,在他们最初启程的时候,就看见了旗帜在飞扬。

这本书,注定可以长久流传,正是因为它记录了韩门的行迹和神采。

"韩流滚滚",是一个时代对韩门师生的真诚致意。"韩流滚滚"这四个字,大家说了好些年。今天,成了这本书的书名。这里,分明有一个美好的念想在。

这是我为本书写的序。

2012.8.17

文化的碎片

中国的文化人，在近几十年里，所拥有的文化积累，出现了偏差。文化积累成了在某个领域里的发掘，而失去了对文化整体的打量，这就在很大程度上要了文化的命。文化看起来支离破碎，其实是浑然天成。把文化看作无穷的碎片，而津津有味地捡起某些碎片的人，可能成为专家，但很不可能被称为文化人。因为，这个世界上，可能只有中国人，是听凭所有的文化碎片飘零于心的。中国人的心灵，总是如此文化，也因此如此伟大。

从这一想法出发，看看秦耕的这部名为"艺谭"的书，就会感觉有价值，有温度，有文化。因为这部书，是秦耕五十年来的对于尽可能多的文化碎片,尽自己的能力和精力的更多可能,孜孜以求、一一叩问的成果。但就这一点,秦耕就具有了意义。在中国,对文化的寻求和访问,历来就是一个文化人一生的宿命,秦耕微笑着接受和收获着自己的宿命。读他的这部书,首先感觉是作者很快活,以毕生的精力供养文化的秦耕,内心一定很快活。

秦耕早年从戎,但没有投笔。他写新闻、通讯,还借调在上海大报社。之后,他解甲从文,直至主编《国家艺术》杂志。我进报社比他晚,后来成了朋友,但已不是同事。他是喜欢文玩。20世纪90年代中期,我们一起收些上古和汉晋的陶器。那时节是有机会收到明清青花的,只是当时的好些文化界的朋友,都是喜欢陶器超过青花的。陶器不值钱,青花有增值的真实可能。只是文化人,好像生来和钱不太沾边。这些陶器,承载的历史更多。苍茫的天地和远古,搅得内心也是莽莽苍苍。秦耕也喜欢有年份的陶器,我收来的一个晋代的陶缶,他见了就要我让给他。快二十年后，那个下午，苍茫的雨天里，他突然说，那个陶缶，至今还在他书房里立着。说起这段往事，只是想说一个亲近文化和历史的人，一个因为要亲近文化和历史，由此广泛地产生出文化兴趣的人，他的人生的路上，一定开满鲜花，展开着无边的风景。

在此，祝贺秦耕的新书出版，并祝愿秦耕和他的新书那样，一生好读、可敬。我愿意一如既往做秦耕的书的读者、人的读者。

2013.10.30

心痕手泽

——序刘波《归园藏拓》

　　这是《归园藏拓》第一卷，收集了秦汉晋唐间七件书法碑拓。所有的相关书法艺术上的判断，在书中的相关章节都有当代学者予以表达。这里要说的是，这七件伟大的原碑，镌刻的是中国历史上著名的和无名的六位伟大男人的伟大心力。听凭沧桑变迁，这些心力像苍穹的星斗一样，紧握恒常和壮丽的光芒。

　　中国男人是怎么一回事？剑气霜寒，锦骑突破，樽俎折冲，悬头国门，中国男人还不只是这回事。中国男人，还有和文字的伟大纠结。伟大的中国男人，他们对文字的膜拜和敬重，到了以命托付的关口。他们魂牵梦绕，他们心如刀绞，他们来到世间，总是被仓颉造字感动得号啕大哭。

没有文字有多好？起码做个男人，有点勇气就够了。可惜，有文字了，有了这个世上唯一的出自人类内心景象的伟大文字，中国男人的心从此无处躲藏。伟大的宿命，让中国男人的尊严和意义，和中国文字难分难解。

这些中国男人，因为文字，长成了自己。因为文字，获得了家国之思、天地之念。他们的心力从此不死，他们的心力镌刻在了石碑上。带着伟大心力的石碑，或者屹立，或者断裂，或者坠入江河，或者漫漶玉碎，但所有的或者，都不能消亡文字的力量，和中国男人心痕手泽的力量。

《峄山碑》是秦李斯的字。李斯是一个伟大的男人，他以客卿身份，辅助秦统一了天下，他是秦帝制的主要定规和奠基者。《峄山碑》记录秦两代帝诏，是李斯小篆的传世范本。

李斯小篆的简、直和端正，透露出了这个伟大的男人的缜密和稳健的品性。这样品性的男人，并不软弱。李斯隐忧帝业和天下的安危，以至容忍二世的即位，最后失去自己的性命，更可能是品性所致，是顺理成章的。

《石门铭》为北魏著名的摩崖石刻。《石门铭》是篇气度不凡的好文，王远写的字。王远的字，显示出了楷书的青涩状态。无论是人的情感，还是审美的法则都以青涩为美。王远的字，这种七分人力三分天意的字，是极其让人感动的。

后世的康有为，把王远列在南北朝十大书家，是这种感动的又一次结晶。从中也可确信，王远也是一个伟大的男人。他所写的《石门铭》，就是他的一份人生履历，他的名字必然进入中国书法的正史。

归园藏拓，必然藏有颜真卿。《大唐中兴颂》和《八关斋会报德记》，是颜真卿重要的字迹。颜真卿无疑是一个伟大的男人，这个具有英雄气概并建立了历史功勋的男人，他的字是伟大的字，是代表着中国人用笔写雄心、写真气、写庙堂、写天地，所能达到的崇高和壮观的境界。

元结所撰的《大唐中兴颂》是雄壮热烈的,《八关斋会报德记》的原文也是跌宕雄健的,这样的文章自然激动着颜真卿。颜真卿心中的英雄情感被点燃,他笔下出现的血肉饱满的字迹,像星斗布空,灿烂至极。后人评价这两件法书,都提到了《瘗鹤铭》,这是灼见。

还有两篇是没留下姓名的伟大男人的字。是东汉的《石门颂》和《封龙山碑》。

两篇一样是汉隶的巅峰之作,后人甚至评介说,原碑气魄太大,胆怯和力弱者都不能学。从这还可以说,原碑气魄太大,足以让后来者顶礼膜拜,也足以盛享大匠无名的殊荣。《石门颂》是王升所撰,汉人文章,原本不乏隶书意。

最后要说到《瘗鹤铭》。

《瘗鹤铭》是书法史上一次开天荒的奇迹。《瘗鹤铭》不知年代、不知作者,甚至和历来所有的法书迥然不同。自由之极,灿烂之极,心之所至,横绝四海。历来不少论家,说它只有王羲之才写得出。至少有一点是说对了,书法在中国人的心中是神圣的。

中国人的内心过于奇崛。后世的中国人甚至没见过王羲之的真迹。但是谁都相信，王羲之的字，必然和必须是"龙跳天门，虎卧凤阙"那样奇崛的。因为王羲之是书圣，书圣是写最好的字的人。

中国人的心中最好的字，就该是《瘗鹤铭》那样的字。中国字应该是人类写给天地的伟大的心迹。人类的心迹是卸载天地之间的，星罗棋布，明灭巨细，纵横着光年，澎湃着心律。

《瘗鹤铭》可能是书法的终极家园。读字读到《瘗鹤铭》，读字的人才算读到家了。《瘗鹤铭》的年代，大抵有迹可循。至于《瘗鹤铭》的作者，不必知道。伟大到《瘗鹤铭》，除了参拜，谁也没有资格去知道它的出处。

历代名拓，是一个伟大的文字殿堂。停留那里的人，必然心雄万夫。

归园主人刘波，一个有气概的男人，以书画行天下。广收历代名拓，自然就是他的部分宿命了。所谓归园，归到哪里去？就字来说，归到颜真卿，归到

《瘗鹤铭》，归到历代名拓这一伟大的文字殿堂。归途远吗？不远。一步步走上前去，自然就渐渐灿烂了。

2014.4.7

十年前的约定

——序王金声《金声长物》

1840 年至 1949 年，或如金声所说"自龚自珍至司徒雷登"这一百年间，中国文人所经历的丧乱、困苦，遍体鳞伤和决绝抗争，是唯有春秋和魏晋时候所能比拟的，而他们极其无愧地各自完成了自己。他们的作为，让人不胜唏嘘、缅怀和景仰。"文人"，是多么平静和饱满的称呼。所谓"人生识字忧患始"，文人的人生轨迹，和家国的现况和前途，一并陷于无序的时候，手中的笔只能是脱颖的青锋了。他们不得不勇猛精进，无暇旁顾，甚至原属私人的情愫，也被锋刃带出血来。

结果呢？还是文字，文人的手泽，把这百年间文人的荣耀和淹留、无奈和坚贞，保存了下来。真理在路上，真相也在路上。所有的心痕手泽，未必能指向最后的真理，也未必能挑明最初的真相。只是内中萋萋历历、永不释怀的壮志，还有生死不渝的柔情，一经写出，已经不朽，如今读来，依然近在左右。这世上，文字和器物一样，越是年代长久，越见它的浑然静穆，不可亵玩。文人的血总是热的，何况是这一百年间，类鬼神、齐生死的真文人。

金声为毗陵旧族，自小极喜文字，饱读手泽，还有缘得见书者真面。文传三代出贵子，他是天择其人。二十年前，送别钱君匋先生那天，我和他倾心交谈。我认定，他将是这一代人中，收藏近代文人墨迹第一人。十年前，他和我约定，2019 年出版他的"金声长物"，并约我写序。2019 年，五四运动一百周年。五四是新旧文化划时代的大事件，从五四这一年，向两边读去，会把近代中国文人之心，还有近代中国之文脉，看得更清楚。

契阔燕谈，当时总是挥手飞鸿，意气飞扬。这些年来，难为他真所谓狂胪文字，耗尽中年。今晚，他践约拿出 2019 年"金声长物"第一本样稿。他已年近六十。可这一刻,他依然意气飞扬。在中国,文人不只是有才华、有学问的人,他们更是坚贞之人,甚至是壮烈之人,铁肩妙手,开通文脉,背负着家国前行的人。我钦佩和感激金声,他看似隐逸人海,竟有如此肝胆,以一人之力,做千秋之事。如说近代文人墨迹,是一座伟大的建筑,那么所有的梁柱,甚至所有的砖瓦,他都尽力收藏了。文人之心,极少完好,多的是脆弱和沧桑。金声凭着脆弱的心,还有他的沧桑文字,保存了近代文人的手泽,也保全了近代文人的壮志和介心。他做的事,有功于当代,对此,当代人或许不认为,几十年后、几百年后,我相信人们会认为。

十年前的约定,我践约了。我快七十了,我已尽力说出了我想说的话。

2018.12.4

日居月诸

人与万物的区别，大概只在于独独人拥有文字。所谓人类文明，说白了也就是有几个字。人有时觉得自己很伟大，有时又觉得自己很卑微。其实伟大而卑微的性情，正是人的真性情，随着一行行文字流泻出来，是何等美妙的时刻。说"时刻"，是说这个词有一种"转瞬即逝"的含义。武佩珧的文字，都比较短小，怕也就是这个原因，让淡淡的伤感染成底色，让纯净的美，在这上面，开出一朵朵赤橙青蓝。情感不能承受之轻，而武佩珧沉浸在这样的情感里。

我是先见到武佩珧的文字，后见到他人的，而且至今才见过一面。他要我为他的《明岛》作序，我这样写了，还不知自己走遍了明岛没有。

1996 年 7 月

人永远高于人的手艺

——序苏剑秋《剑秋散文》

剑秋编了散文集，我有些感动。一个在这个世界上生活了 48 年的人，竟然有一天会和原先见不出有多少瓜葛的文字碰了杯。

剑秋，河南长垣人。长垣这地方出好厨子，他父亲就是那时候的头挑，有机会给 20 世纪一些留下了大名望的人掌勺，剑秋也有机会出生在了上海。可惜剑秋父母都去世早，剑秋十几岁时，就孤单单一人由沈柔坚先生一家照顾了。剑秋没有传承父亲的好厨艺，只记得父亲的青菜豆腐味道难忘。可他跟随了沈柔坚，却学好了版画、水彩、油画，后来还有中国画，他的作品不少次入选上海市和全国美展，可他并不因此加入沈柔坚为主席的上海美协,他和沈先生都感觉到绘画对他而言似乎并不致命。八年前沈先生突然过世了,剑秋又一次失去了父亲,内心的痛苦久久使他不堪担当,于是天天酗酒,三年前我认识他时,他仍然活在酒里。我不同情他,甚至感觉失望。我一向以为男人是不值得同情的,男人作茧自己只能让人失望,令人惊异的是剑秋倏然在某日戒酒了。没有了酒还能做什么呢? 我读出他应该是个写文章的人,而他也很宿命很自然地开始用文章真正打点和滋养自己,他的文章真的不错。他在沈柔坚身边成长,见过不少 20世纪画中国画的大人物。剑秋文章的好,恐怕就在于他见过的那些画和那些人。剑秋不同于常人的地方,是他明白:人永远高于人的手艺,而文章永远大于画面。他是理所当然地让自己活在文章里。同样不同常人的是,他的文章竟然是用绘画方式写成的。他的文章去向不是一路前去,一马平川,而是在画花卉,一瓣一瓣,团团向心围定;在画虫草,白描墨韵声色浑然;还像在画山水,抱石皴随意沁染,密密匝匝,又是通通透透。他的文章真的像画一样。真真切切的心跳，还有真真切切的情分。这像画的文字，写在纸上，好像少些文本的法度。可法度是什么呢？人的心情过渡成文字的当口，法度重要吗？剑秋的文章从一条只属于他的河道流淌过来，无论有没有人赞叹，它也会鲜活地流淌下来。

今生今世，写文章真的是那么快乐吗？真可以最后安置自己的灵魂吗？酒和文字真有那么大的差异吗？剑秋选择了文字，我只知道，剑秋因此很惬意。只是有时想想，是我真读懂他，还是命中注定的他，渐渐听从了他的天命。

2006 年 3 月于凤历堂

人永远高于人的手艺

祝贺与祝愿

——序苏剑秋《与随缘同心》

这是苏剑秋第三本散文集了，是他十来年里出的第三本散文集。

时间过得真快。十三年前，他拜我为师。说是师徒了，其实是师徒相长。他的经历很好，上苍给他的恩惠还是很厚的。他年轻轻地就见过了文化和艺术界的不少大人物。大人物，是不能小觑的。他们是饱学、干净和谦恭的人。剑秋长大成人的时代，并不完好。如没有上苍的恩惠，要长成今天的他，道路一定会很艰难。而他，虽说也艰难，毕竟有大人物的光芒庇佑，他的成长不至于遍体鳞伤。由此我和他的因缘，确实也是有益于我的。人的精神是最可贵的，而精神是可以感染的,他的干净和谦恭的精神,确实感染了我。

记得剑秋第一本散文集也是我作序的,那篇序里,我评论了他的文字。这个序里,我想不必再评论他的文字了。他也六十岁了,超过了当年我做他老师时的年龄了。再说,六十岁什么概念?那是天干地支,混搭一轮了。人到这个时候,还想不明白自己和人生吗?这样的年龄自我认可的文字,他人评论该是多余的。

那么序还能写些什么呢?我想,一是写祝贺。这个世界上,文字是可贵的东西,一辈子把自己的心力,大部分交付给文字,是件快乐的事,如果这文字还能结集出版,更是一个大欢喜。二是写祝愿。剑秋身体不是很好,近来说是他为此戒酒、戒烟了。人生很长,换一种活法,其实也很好。

我和剑秋都少年失学,对我们来说奢侈的文字,是中年后偶然得之的。为此,我们都很珍惜,并一直因此而感觉自豪。

眼睛不好,看不清,文字写不多了。这个短序,愿剑秋喜欢。

2018.2.14

花语之轻

——序程多多《花不语》

这是一本取名《花不语》的摄影集。天地有大美而不言，花是属于天地的，也是一种造化，花不语，是因为花不必言语。因为花也是美，美到难与人说。摄影是什么呢？摄影，是人逃离人群的一种方式。看上去是一门技艺，这技艺却是仅属于个人的。沉湎于摄影的人精密到明察秋毫，甚至全神贯注到只有自己。我还想说，摄影称得上家的人，很可能是自闭的人，自闭无所谓好坏，自闭其实是人生在世的原本。鲁迅写过他家院子里有两棵树，他说"一棵是枣树，另一棵也是枣树"。小时候读它，感觉是鲁迅的幽默，长大了，开始明白，这幽默是伤感的，同样的树，看上去怎么就

花语之轻

那么孤孤单单地分开着呢？这就是天生的离别，永远的离别。还有色彩，大家都说红了樱桃，绿了芭蕉，可这红、这绿，每个人亲眼见到的，不会一样，可这不一样，永远也辩不清、说不明。这是什么呢？这就是自闭。自闭美不美呢，自闭应该很美。摄影家做什么呢？摄影家就是一个人在那儿把这种自闭的美一一说出来，说出来了，心里就快乐了。至于别人怎么看，对于自闭的人来说，没有意义。程多多，就是那么一个寻找自闭之美的摄影家。多多是十发先生的公子，画面对他来说，是与生俱来并且让这生拥有意义的一种精彩。他生来把精彩当作大美，他的画，他的摄影，是美得无微不至，毫无破绽。就画而言，只是把他内心当作一个小小的院落，精彩的感觉，锦花团簇，装点得无疵无瑕。摄影呢，也只是凭一颗自闭的心去等待一朵花的最美满的那一刻。花不语吗？其实花是千言万语的，多多是听到花语的，可他怕听，因为他的自闭的心，不能承受花语之轻。他只为最宝贵的花容留影，因为这一刻的花，和他的内心一样完好。易于破碎的东西,居然完好,对于一条精微地活着的生命而言,是一种期求久久的温暖和平安。这时候花不语,可以读作子不语了,"子不语怪力乱神",这子在这儿就是程多多了。还有说的是这本集子,每个花容,都配有程十发、陈佩秋两位先生的手书前人有关花的诗句。曾经沧海的老人,面对花容,书写的是内心的通脱,加上纸面纷纷留落零星的真花瓣,这集子就变得很像是生生不息的天地人间了。

写在 2004 年 5 月 5 日

醉亦飘零醒亦痴

——序李京南《镜里镜外》

　　京南是浙江玉环人。玉环是临海的半岛,在地图上看,像是青葱的耳环。到了实地,见它有高高的山地建着学校,入夜看上去梦一样的庭院,经他零零星星的指点,可以想见当时文学青春的蓬勃浪漫。还有世上最美的文旦园。玉环古时候是楚地,小镇至今还找得见"楚门"之类的旧称,整个玉环,被海水怀抱着,不远处还有海中的小岛:大鹿岛。曾经和京南一起在他的故乡。去大鹿岛,船在浪里舞蹈,眼睛盯着远处的山脊,一刻也不离开,才免了呕心沥血。海和这岛真美,那一刻风雨淋漓,给那里的主人写了"候潮听雨"四个字,大家都会心一笑。还到了高地上的学校,那里是整个玉环的至高点,学校成了玉环人的梦想之最。后来由京南的嘱咐,为这座学校题写了校名:玉环实验学校。没想到他们买来八吨重的太湖石,把这校名刻上去了。我十分感激京南的深情,他对朋友的情谊,是比这石还要重的。还有那些个与文学有关的庭院,星光里,我们流连不已。我的流连,是因为文学,在青春年代穿透风雨的文学。他的流连,除了和我一样的感觉,还流连当时和他一样怀揣文学梦想的同辈人。

然而,文学不能当饭吃。京南既要吃饭,还舍不得文学。之后二十几年,京南创造了独一无二的充满诗意的挂毯,把他的事业和家都迁到了上海。安宁的生活是一个梦想,但不是京南最后的梦想,京南的最后梦想是文学。钱是用来好好生活的,钱没必要到了天文数字才舒心。还是在京南把他的挂毯开进到天涯海角的时候,他在上海图书馆里,对着郭沫若、郁达夫的诗文发呆,隔着窗望着南京路上来往的行人。"醉亦飘零醒亦痴",我曾经这样咏他,他说他当时就是那样。

今天,他在上海了,在近百年来几乎所有的大文化人,到达和居住过的上海了。他一个人离开了他的实业,成为一个纯粹的文化人。急流勇退?不是。他是回到了自己的原点,回到了他的家乡玉环所推崇的人生原点。

近年他倾情远游,一次次带回世界在他眼中的印象,感动了许多和他有着同样期盼和承受的文化人,他们给他的摄影配上诗文。摄影和诗文,也就一些纸片和话语,并不值钱,可它珍贵。它表明,世界上竟有许多心和心情可以交流。人生的珍贵,莫过于心和心情的相通了。这本集子是京南的第三本摄影集了,里面收藏了他更多的感受和想说的话,他是一个有过许多经历的人,成功已不在话下。六十年的光阴足以让一个寻求文化的人,找到自己心的家园,而这本集子,打开的就是这家园的一角。这集子的名字是我建议的,因为京南在这集子里,除了让我们看到了许多,还让我们想到了许多。镜头其实和人的眼睛一样,可以

醉亦飘零醒亦痴

阅读世界，也不免因为这世界欢笑和流出滚烫的泪来。

京南是我内心认定的朋友，他怀着人生梦想与壮志，还有对人文的真诚追求，走到了今天，还将不断地走向前去，他从他家乡玉环带出的是一颗楚人的心。他做人做事，目标坚定，他恪守自己的道德底线。底线之上，他温和有加，有人过了底线，他的目光必定在那人的头顶看过去。他经历了无数的辛苦和欢乐，他的心沉静坦荡，放射出一个成就了事业的男人的人格光芒。人是要有点精神的，京南很精神地生活和成就着。他是文化人，他与生俱来的是对文化和艺术的喜爱。他是艺术家，但就他创作的挂毯，就曾经如此温馨地，在认识他之前就感动过我的心。我祝福他，祝福他过去和往后的所有努力和成就。

2008.8.27

这里是故乡

——序潘真《心动苏州河》

　　潘真和我一样，都在上海出生，也都把上海认作故乡。现在她写了上海的苏州河。

　　上海有一条黄浦江，一条苏州河。这两条江河在外滩交汇，我曾在那里伫立良久，看苏州河流入黄浦江，觉得就 20 世纪生人而言，苏州河更像是上海的母亲河。浦东是新近的上海，怎么看它也属于未来。这就让黄浦江成了上海廓外的江流，是上海人出外的渡口。而苏州河不是这样。如果故乡是心的话，流在心的深处的苏州河，像一支穿心的箭，它让我们的心好痛，痛痛快快。

　　我想过，倘使我写苏州河，会怎么写？我想可能会写苏州河边抗击日寇的四行仓库，水天之间高高矗立的红旗,是女大学生送去的。会写苏州河水带走了我少年时代最好的同学,他读过马克思的《资本论》,很青春的年纪,一个人走了,他让我想到了鲁迅笔下的范爱农。还会写跨过苏州河,可以到达中国文心的深处,那里有鲁迅住过的景云里,还有郭沫若在那里译出了《浮士德》。八十年前苏州河,一边是纸醉金迷,一边是长夜北斗。

现在是潘真写了苏州河。母亲的心思女儿能体谅,潘真写了母亲河,真是以她的一颗女儿心。苏州河有母亲的沉静和端庄,还有母亲的慈爱和哀愁。潘真写来心动如水,也心静如水。故乡的记忆,城市的记忆,是由无数细节完成的,是由无数过去、现在还有未来的细节完成的。这种完成的意义就在于永远无法完成,又永远在痛快地走向完成。这种完成是无数细节生发、成长和归于斑驳、平淡的过程。历史和场面,中间生生不息的人事,一一分开来看,其实都微不足道。这就叫大匠无名。苏州河是经历、湮没和记忆着世纪大动静的我们的母亲河,潘真以女儿的语调和心意写了大匠无名的苏州河。因为写,她一定在苏州河边流连许多个清晨和黄昏,还有明媚的有月亮和飘过细细雨丝的夜晚。儿时的许多梦想和思念,一定让她一回回捡起了女儿情致。饱经风霜的母亲河,养育了我们的母亲河,依然保存着美满愿望的母亲河,流淌在她的文字里,在她的这本新书里。感谢潘真,是她的文字,让我们享受和记忆感动,就像在梦里,见到母亲的慈颜。

潘真是个灵异的女子。一些年前初次见到她,就感觉她的心已许给文字。文字和人一起走来,文字和我们一起走到了苏州河边,和我们一起感觉这里是故乡。文字、我们和故乡连在了一起。潘真的这本新书,把这个秘密挑明了,而且表达得那么好,这在我是难以到达的。

很感激潘真让我写序。我很愿意,我希望所有能读到这本书的读者,挑一些宁静和清丽的时间,细细读它,读潘真,读潘真笔下的母亲河。

2007.12.23

这里是故乡

抵 达

——序周建莹《心楫》

　　建莹和我有很多相似的经历。不只是同代人,她和我都在上海,都住在黄浦江边上。城市人都是客居他乡的人,是旅途中的人。对城市人来说,家的意义,和河埠,和岸一样。江中的可以远去又不时到来的舟船,看多了,就有了依恋的感觉。对黄浦江的感觉,她和我应该很相似。她和我一样少年失学,之后都在业余学校补读。那时百废待兴,落实到读书上,就是举国争读数理化,可她和我都选择了文字,这种选择不免背时。只是有些人,譬如她和我,又怎么可能不选择文字呢?

　　1982 年,她和我分别在上海报纸的著名副刊,第一次发表自己的散文。杜甫说"同学少年都不贱",大概是说，长大了大家还算出息了。文字算不算出息呢？我想她和我一样，只是内心喜欢文字，就认定文字是出息。自己的文字第一次排成了铅字的时候，她流泪了吗？我想是的。

文字是托付心思的舟船。舟船在人海中运行，自然有相见相呼的时候。1992年，我编《解放日报》副刊"朝花"。在来稿中，第一次读到她的文字，她写的正是黄浦江，这时候可以见出文字无可比拟的美好了。科学改变了现实的生活，而文字留住了我们长久的思念。"朝花"刊登了她的来稿，十五年了，我还记得这篇美好的文字，和这篇文字所说的，她家从黄浦江边迁离的最后一个夜晚。

几天前，我收到了她的邮件，里面是本书的样稿，这让我看到了她更多的文字。她写了好些地方，好些人，好些温暖的故事，还有好些高尚的情谊。她敞开了自己的心，她的文字真的很美。就像生命一样，文字首先是神采美。她的文字神采很美，女性内心的那种温文、缤纷和成熟，美得很清纯。生命的美还在于形态的美。文字与生俱来,可在意的字和词,还有偏爱的字和词连接的方式,每个人都不一样。她在意和偏爱的文字,应该是一种婵媛美,很文雅,有质感,就像春水和秋树,明朗、灿烂。或许,她自己并不在意,也说不上偏爱,可她的文字给人的感觉,就是这样的,很婵媛。

她和我到今天还没见过面。只是十五年前的一个很寻常的作者和编辑的交往,让她和我都觉得认识对方了。或许她和我早该见面。她在上海最好的一家眼科医院工作,可惜我的眼睛之前就坏到没法治了。她后来在"朝花"上又发表了好些文字,可惜我已离开了"朝花"。

现在,她请我为本书写序,我真的很感谢她。只能相信文字是奇迹。世界上只有文字可以走遍远近,行止来去,只有文字可以容纳万象、抵达他人的心。

本序愿读者略略一瞥,快快翻过,由此尽快走进本书,走进作者美好的文字和内心去。谢谢!

2008.3.31

抵达

泥土，温情和梦想

他生在乡村，浦江、长江和东海三水交会的地方。他姓马，生在寒冬，父亲给他取名"饮冰"。父亲做过乡村教师，他读过师范，也做过乡村教师。后来他在区里做行政工作，晚间空暇的时候，写些散文，现在已经出一本书了。我有幸先读到了他的书稿，很喜欢。觉得这些文字很珍贵，这些文字保存了他的身世、情怀和梦想。

中国文字像参天大树，它的种子活在深深的泥土里。中国的文字像天上的云彩，它的水珠生在浩瀚的江海里。饮冰生在乡村，他看见种子生长成大树。饮冰生在三水交会的地方，他看见水珠怎样升腾为云彩。中国文字是天地烟云供养的。饮冰半腿泥土，置身水天，他对于文字的情分是远胜我们这些所谓的城里人的。何况他的身边，浦江到达了终点，长江也释放了最后的奔腾的心力，东海是一片无言的蔚蓝，伟大的静默，给了饮冰一种不由分说的坦然。

饮冰的名字饱含深情。这名字是他父亲取的，是他父亲对寒冬的感觉。冰可以饮吗？可以相信的是，饮了冰之后，那人一定是冰雪肝胆了。何况还姓马。马是什么？马是高远的感觉。马在地为马，在天是龙。海晏龙行雨，春来马饮冰，能够取出这样名字的人，一定肝胆如冰雪。拥有这样的名字的人呢？他会名副其实，会因为他的名字变得高尚起来。

饮冰做过乡村教师，这是让我从来感动的身份。我们知道，至今一个世纪以来的乡村教师中间，出现过无数的真男人、真文人。他们的铁肩和热肠，他们担当了家国和天下，奉献了自己。他们离泥土更近，他们离人间的温情和梦想更近，他们离文字更近。饮冰也是这样的男人和文人。饮冰的文字里,满纸可以读到可以触摸到的同样是中国的泥土香味、人间的温情和梦想。文字可以历练,男人和文人的情怀难能可贵。文字的最终高下,不是由字面定夺,而是由人的情怀注定的。

　　饮冰要我为他的书稿写个序。原先想评说他的文章,无奈他的文字像三水交会一样,合围了我。我只能以这样的感想对应他。希望他满意,因为文字已经和他情怀相通,所有的对他的文字的观感,写出来可能都是多余的了。

2009.9.22

佛的门童

——序王双强"文心是佛"丛书

人与人的遇见，可能真有天意。

去年大年初五，韩天衡先生邀我一聚。饭席上他提起一件事，说有个山西的年轻人请他留一本墨迹，记载 20 世纪的书画家。他说他已推荐我来写诗，由他抄录。他还说那个年轻人做事从容，这事理应会做得好。我自然遵命。

到了初夏，我在一个朋友那里，见到特地来找我的双强，他说他喜欢我的文字。言谈里，我很惊讶他对文字的一些思考。他觉得刚刚过去的 20 世纪，它的意义仅有出现了孔子、老子、庄子的先秦时期可以比拟。他说，因为这两个时期，也仅有这两个时期，中国经受历史性的伟大变革，形成了伟大的文字。我一直有这个想法，不想好些年来，也就和他说到一起了。我突然说起了韩先生说到的那个山西年轻人，我猜想这人正是眼前的双强。是猜中了。只是听他说，他想要记载的不是书画家，是文人。

由此，和双强遇见了。之前呢？仿佛已感觉到了彼此的气色和声息。

中国文化中有儒释道，而且彼此间相安无事。为什么可以相安无事？理由很简单，就是中国文化的起源，是这个世界上唯一的无与伦比的文字。文字让中国文化气象万千，而且竟然有永远的力量，让东方的一群人，东方的中国人至今和永远团聚在一起，成为这个世界上最美的奇迹。仓颉太伟大了，竟然造出了中国字。这字，每一个都有独立的诗意、独立的思维。这字竟然不在意语法，或者说无所谓语法，那么天然和心情地连在一起，就是文章，就是思想，就是壮志和梦想，就是舍弃和担当了。这就是佛了。有这样的文字的中国人的心，或者说文心就是佛了。有这样的文字的中国人,还有必要去刻意宗教? 是了,中国人无所谓宗教。中国文字是向往和前往彼岸的船,中国人的文心就是坐稳在船头的佛了。

孔子、老子、庄子,文心是佛。20世纪那一批伟大的中国文化人,同样文心是佛。

所以双强的文章的集子,以后还是丛书,出于同样理由,取名为"文心是佛"。

双强在上海逗留了十几年,创办了在他的心愿里要传至百年的秦汉胡同,教孩子们琴棋书画。他毕竟是山西人。中原的血气和土香,承载着佛一样的文心,他不得不,也不会不和中原一样。父亲对他说,出了错了,穷不读书,富不教书,这世界要完。他听懂了。有能力教书不去教,人不能这样。20世纪的炕头还热着,父亲还在那里唠叨,他默默也沉沉地捧起了自己的文心。

他说文心是佛,他只是佛的门童。

我因此想起了文字记载过的三个门童。一个是屈原《离骚》赋里写到的那个门童,赋里的称呼是"阍人"，他是阻拦屈原入天门喊冤的。一个是《三国演义》里卧龙岗下的门童，他对来访的刘皇叔说，主人预知他会前来。还有一个是唐诗里被贾岛问话的门童，全诗是："松下问童子，言师采药去。只在此山中，云深不知处。"这三个门童其实都很了得。阻拦屈原的那个，是明知道屈原入了喊了也没用。迎接刘皇叔的那个，是把人间的因缘渐渐看清了的。还有一个被贾岛问话的，已经活得很自然了。可见门童都了得。也可见，他们的了得，缘于他们无意于了得。

双强说他是门童。他也是无意托大，他不以为自己会了得。

文心是佛，佛的门童有的还是文心。

琴弦突然断裂，必有英雄窃听，这情形门童自然知道。烂柯山上的那盘棋，检点花费的光阴，自然也是门童的雅差。王羲之喜欢的白鹅，想来也必是门童抱回。还有入座韩熙载夜宴的阎立本，也是事前照面过门童的。

人的路大都漫长得不让人走完。双强才三十六岁,他竟走过了一段长路。他是沿着文字的形影走的,这是他前世的因缘,也是他今生的造化。中国的文化,包括艺术,都是由文字开枝散叶而来。记得了文字的起初,中国人的来处和前程都会次第展开。可这样的行走,有多少人可以了然?

双强了然,他还用文字记载下他的了然。

这就是本书,就是未来会渐渐完成的丛书。

先秦时期伟大的文人和思想,都已形成了永远的文字。20世纪伟大的文人和思想也都形成了可以永远的文字。伟大的狂飙和巨浪已在我们头上呼啸而去,我们能有什么文字留给这世界,留给未来呢?

在这铁石心肠的年代,在这文心冷落的年代,我们还是该有些温暖和坚韧的文字。双强说,承载文字的金石可以永年,承载文心的书籍可以让世界柔软。

读着双强的文字,我突然感觉离天地很近,突然感觉被梦想指引,突然感觉这世界除了锦山绣水、美人香草,除了人的自信、尊严、宽容、谦恭,还有力量,什么都应该改变,什么都可以改变。因为,我们是生在有着世界上最美文字的国度。

这是我为"文心是佛"丛书写的序,希望可以成为双强浩瀚文字的一个索引。

2012.6.13

文字就是生命

——序王双强"有万熹"书系

双强喜欢文字,他把他已经写好的和还没写的文字,放在一起出书。他这个心愿,细想起来还真是个很大的心愿。他才三十六岁,他有着许多年华。而我相信,他在属于他的许多年华里,一直会写他的文字。这样想来,双强的心愿,就像当年玄奘离开长安的时候所发的心愿了。试想许多年后,双强的被他自己称为"有万熹"书系的毕生文字,浩瀚的文字的海,停留在时间里的时候,又会有多少同样怀有文字心愿的人,东临碣石,以观沧海,生发出多少歌以咏志的短吁和长歌来。

文字和生命应该是有联系的。究竟是什么联系呢?是以生命追求文字,还是把文字当作生命?我看还都不是。文字，特别是对中国人来说，其实就是生命。也就是说：文字就是生命。

中国人的方块字，是静穆的菩萨，绚烂的天花，东来的紫气，还是刀刻的九歌，墨渖的史记。中国人的方块字，每个字都是一口活气。中国人的围棋，说是有两口气就是活棋。中国人的文字呢？每个字都是一口活气。可以想象中国人的文字的生命，是何等蓬勃！字里行间，流动着的是生命的奇迹。中国人的方块字，是人类的唯一。

人类不同于万物，是因为人类有文明史。什么是文明史？就是有文字记载的历史。人类有文明史，而由中国人的方块字，这样鲜活和雍容的文字记载的中国人的文明史。这是人类的唯一。

人的思想，作为一种开花的思维，最本真。转而成为语言，开始离开本真。再成为文字，往往是若即若离了。可是中国人的方块字很奇异，它竟是中国人思维开出的花的模样。中国人的方块字，和中国人最本真的思维，如影随形。这是人类的唯一。

中国人的方块字,让中国人到今天依然团聚在一起。这也是人类的唯一。

这么多的人类唯一,注定了中国人的生命内核,就是中国人的方块字,就是中国文字。对中国人来说,对每一个中国人来说,文字就是生命。

正因为文字就是生命,所以,只要中国文字在,我们无怨无悔,我们有尊严和有温度的心,我们在经历苦难和直面崇高的时候,可以痛快和纯真地流下热泪。

正因为文字就是生命,所以,我们有勇气用手中可能平庸的笔,书写生命。生命总该书写,人就是为了书写生命,才来到世界。而中国人的生命,生来就是中国文字的横竖撇捺和篇章卷帙。

文字就是生命,对每一个中国人来说,是一种宿命,不管他是否通晓这种宿命。生命原本就是这样,无须通晓,生命总是生命。

双强在他记事的时候,就通晓了这种宿命,这让他的生命注定美不胜收。

双强名副其实。他创办的秦汉胡同国学,还有他的万熹文化品牌,都是他从文字也是从生命出发的对世界的远征,而在更早的时候,他已开始了对生命的致敬,也就是对中国文字的毕生致敬。能在这两处同时亮出心愿的人,真的少见。

双强是天降大任? 我愿意这样想。

到这里要说到双强的文字了。

中国的文字原本就出现在荒山原野,当课堂和书斋里的中国文字留给我们许多记忆之后,突然出现在了课堂和书斋以外,那就是双强的文字。

所有的文字一起涌来,因为所有的思维,所有的伤痛和快感总会一起涌来。那就是双强的文字。

既然文字是生命,许多生命交辉一起,是不是更有气象呢? 那就是双强的文字。

生命是怒放的花,怒放不也就是文字? 怒放可以永远吗? 那就是双强的文字。

书写身处的时代,三百年后,读者会感佩。书写微命,三千年后读者会心跳。书写微命,那就是双强的文字。

双强的文字，还刚开始。说本文是总序，也就是一个开场白的意思，自然是管不了以后的。生命不可预见，也就是文字不可预见。双强的文字，以后到底写成什么样，具有许多可能性。但有一点可以料到，那就是双强的文字会传世。理由是他的生命就是文字，他不会和自己的生命过不去。

"有万憙"三字是吉语，曾出现在汉瓦当上。特别这"憙"字，真是喜气得很，满心喜欢地恣肆，像生命怒放的模样。双强把自己的书系，取名"有万憙"，该是认定了文字不仅是他的生命，也指望所有读他的文字的人，以至所有的中国人，都通晓自己的生命是文字。

差不多六十年了，我认定文字就是我的生命。遇见双强，我感到吾道不孤。吾道不孤，不值得自豪。中国人的文字就是生命的这种宿命，至少已让中国人行走了五千年。这是多么伟大的行走。能行走在这么伟大的行走里，双强一定和我一样，满心欢喜，始终不渝。

2013.8.24

文字就是生命

文如其人

——序《赵宗仁文集》

　　有两个原因,我很喜欢短文,或者说喜欢不长的散文。

　　一是,中国人的文字,一直是讲究文以载道的。历来的好文字,大都是短文,是讲自己的觉悟、自己的见解和自己的情感的不长的散文,譬如唐宋八大家的文字,还有司马迁的《史记》,也由许多篇不长的文字组成。《史记》说到底也是散文,许多篇编在一起的散文。中国人的传统和理想,都是由文字来传承和建立的,中国文化人不得不以文字实现价值和担当,守护公平和尊严。这些文字,最确切的归类,就是散文。

　　二是,我是报人,深知报纸上的文字是最精粹的。

报纸上的文字，都该算是言之有物的散文，是可以用一句话讲明白的，绝不主张多说一句的散文。这样的日久天长，自然会觉得文字的前程是越写越短。海明威原先是记者，他的《老人与海》就没多大篇幅，甚至都是短句。他的这种文字，或者可以说，是记者职业的伤痕，可就是这伤痕，成全了海明威。《老人与海》与其说是小说，不如说是一篇讲觉悟和见解的散文。

所以，我很珍惜短文，或者说很珍惜不长的散文，因为它更可能发自内心。

看到宗仁的文字，我先想到的是这些话。

宗仁经历的年代和我差不多，而且也是办报人，还是一家报纸的主编。他关注老龄社会，自然对包括青年和孩子在内的所有社会人都给予了关注。我一直以为，一个男人，一个文化人，他的文字里，该有家国之思、天地之念。宗仁总是有感而发，行文常带感情。他的文章，篇幅不长，文字干净，笔力清健，还有内心的温文，寄托的正是一个文化人这样的文化担当。这些都是让人感佩和足以对他怀有敬意的。

我至今没见过宗仁。好在有句老话,叫作"文如其人"。读过了他的文章,我相信我了解和理解他了。感谢他让我为本书写序。祝愿他的书,能让更多的读者了解和理解一个有着这样经历的文化人,用文字表明的对家国的景仰和热爱,还有对读他文字的人的期待和热爱。

2012.8.5

本　相

——序陈北桥《谈妖录》

认识北桥几十年了。他是干航天的，喜欢写作，写的是人间事。几十年过去了，这次给我看的书稿，是跨界了，随脚出入人妖之间。毕竟是干航天的吧，不拘泥于人间久了，文字到底露出了本相。

书稿是以《白蛇传》为引线，娓娓道来，缠绵不已。他是我老师许寅的忘年交，对古典传奇和戏剧的精通和痴迷，也到了骨灰级的程度。说起人妖之间的那些事，真好比如数家珍。人啊，其实都活得真梦幻。再说航天了，知道人间不只是一片大地了，心里、文字里，伟大深奥的妖，自然就堂而皇之、不可理喻地出现了。

白蛇的故事，在文字上的初胎，极其简约，到了后来蔚为大观。我也极喜欢白蛇故事。它在我的记忆里，又像在我生活里。

我有很多童年时光，在书场里度过。蒋月泉、朱慧珍的《白蛇》，是我极美好的记忆。他和她是艺术家，是把现世和梦境述说得难解难分的艺术家，也是让白蛇活在我生命里的艺术家。

三十岁时当戏剧记者。采访赵燕侠，看她演白蛇。据说她喜喝啤酒，人到中年，有点啤酒肚。"断桥"一折，恰在情境之间，美到了极致。还看过李炳淑演白蛇，她那时青春年华，听她唱那段田汉先生写的"西湖山色仍依旧"，经不住流下天堂人间泪。

二十年之后，我得到了一叶俞平伯先生写的诗笺，写的是他重游西湖的诗。诗里，他提到的也就一件事：当年他家和雷峰塔隔着西湖。雷峰塔倒塌的那一刻，他正在窗边下棋。一边的妹妹亲见雷峰塔倒了，叫了起来。当他回头去看时，雷峰塔已经倒地。

他和陈从周重游西湖，已经 84 岁了："雷峰圮塔甲子一周,同游零落,偶引曲子,不云诗也。隔湖丹翠望迢迢,六十年前梦影娇。临去秋波刚一转,西关残塔已全消。"这一纸罗聘花卉笺上的墨迹,此刻正在我眼前。雷峰塔的倒塌,不是小事,它到底镇不住白蛇了。

我这人没读过多少书,没读过大学,甚至高中。生性又喜欢野史稗闻,自然也就喜欢白蛇了。又过了十年吧,喜欢画画了。画香草美人,自然就画白娘子了。画是野狐禅,不过题跋是有信心的。经常题的是一首诗:"顷时相见觉无双,天地何如蜜意长。盗草昆仑已难到,逢君莫与饮雄黄。"还是感觉许仙太傻,非要妻子喝下雄黄酒。

说到题画,画真来了。这个书稿,北桥请到了多多的画。多多长我几岁,交往已久。历来画家之子,感觉上著大名的不多。其实只要是子承父业,他对于画的理解和创作大多是出众的。程十发先生的画,别样的灿烂天趣,才华是旷世的。多多是程家佳公子,他对色彩的敏感度极好,在以往的画作里,感觉他深

本相

谱家法。

这一刻见到了他谦称为"配画"的 99 帧白描，感觉时光实在是应该钦佩的，它显现出了多多的新意匠。除了色彩，线条也是出奇地好，这线条还真是程家的绝活。程十发先生凭空妙得，多多竟然曲径通幽。可见，大好丹青，是可以传家的。

写到这里，序算完成了吧？北桥、多多，以为然否？

2016.9.27

命运的交集

——序尹军《华亭风景》

华亭就是松江。松江这道风景,已然刻在我心上了。

前几年,陪同年已九十的母亲,移居松江。这里空气好,树林大,流水也清,人文又久远,适合生息。母亲感觉身子也不沉了,安宁。有天,她说起了松江是她母亲的故乡。她那代人,遭际兵荒马乱,很早失去了父母。原先家门还是不错的。她不知道母亲的名字,只知道是陈张氏。六十年前,她回过松江,找到她母亲的生地。人事替代,老屋已然出姓,不是张宅了。只是确认她母亲在这里出生,一直到出嫁离去,一直不曾回来。

打自那天说起她母亲之后,感觉她更安然地住在松江了。叶落归根,人老了,能回到母亲的生地,这种安然,是可以体会的。去年夏天,我母亲在松江家里安然去世。寿终正寝,她是做到了。大家说她有福分,我也这么想。之后,我没回市区住。尽管俗人俗事,多在市区,我还是住在松江。我也是老了,松江是母亲终焉之地,我舍不得离开。

为本书写序,先说了这么一大段话,一是缘于这书名,二是缘于本书作者尹军也把松江这道风景,刻在心上了。

尹军是随军家属。他先后在江苏、浙江、江西和松江,连接着就读小学和中学,之后他家落户松江。他读完高中,在松江叶榭乡插队,同年去了新疆,从军十年。回松江了,接着是数十年从文。我认识他是在七年前,评选松江赋征文那时候。他撰写的松江赋,在隐姓埋名的征文稿里,脱颖而出,获奖。当今作赋的好手里面,除了前辈名宿,更年轻的一代,反而出众。尹军是 20 世纪 50 年代生人,能有这么好的文字,是不易的。可见松江这道风景,带给了他什么,还可见他对松江这道风景,是如何梦牵魂绕的了。

中国读书人自诩的"书剑飘零",尹军是真有了。从军从文,漂泊流落,这种惬意,他都获得了。他和松江命运交集,他是把松江看成故乡了,他这辈子没想过要离开松江。这世上又有谁舍得背井离乡?我确信他是这么个念想,因为我和他一样,也是和松江命运交集的外来人。

接着,该说到本书了。本书写松江风景,松江的人天和人文的风景,可它不是史书,它是前人笔记一类的文字。这类文字很好,散见人情风俗、人事行迹,这些精彩的实录,其实是信史的草蛇灰线。这类文字又是情感和见识的集结,很结实地打动人心,而人类之所以要留下文字,正是为了打动今生和后世的人心的。

本书的写法,也是有匠心的。从松江的四面八方写来,看似各写某一点,其实是恢恢罗网,无一遗漏。"秦时明月汉时关",是互文的例证,它的意思是,秦汉的明月秦汉的关。尹军这本书，用的也是这个写法。抚掌瞬目，擎灯落笔，松江这道风景，他娓娓道来，不仅如数家珍，更是如见神明。

　　读者读到这里，已然耽误了不少时间。我想，说到松江的风景，不必由我、由这篇序再絮叨什么了。请即翻过此页，请看尹军的文字。

2018.3.9

杯渡今生

——序罗启程《珃琅山笔记》

珃琅山在宣城那边,罗启程老家离珃琅山十几里地。

人生有些附丽很重要,譬如门第、学历、交游等等,还有就是生地。生地是人的来处。珃琅山很灵,众多佛山的五色祥云,它都拥有。还有晋代杯渡和尚行脚经此,磨蹭、趺坐良久,留下的光阴和气象。一晃快两千年了,启程来了。这个灵性的人子,就是喜欢木杯渡河的旧事,也喜欢杯渡这个旧时僧、出家人。

三年前,启程四十岁,突然又想起杯渡和尚,又突然感觉要在尘世刻下几笔文字。隔三岔五忙碌了一些天,他写了五十来篇散文,集起来取名"杯渡今生"。这几天,出版社看上了这本书。他想了一下,书名改为"珩琅山笔记"。

男人喜欢出家人,为什么?我一直在想。有天我感觉有些明白了,那就是出家人孑然一身,了无牵挂,看上去就萧瑟、惬意。男人太累了,拖家带口的,谋生谋事,像极了泥淖里的鱼。这形状,见了飘然之身,自然神往。食色之戒,算得了什么。要知道,尘世里的男人,担当太沉,如山如阜,困窘之余,读到"杯渡"二字,也不免心动如水。

几千年家国,不变的是弄玉弄瓦、青梅竹马、渔樵耕读,还有挈妇将雏、登科致仕等等,最后是不变的托体山阿。所谓松窗竹室、牛角挂书之类的清逸,大概只在书本里常有。鞭牛扶犁、谷米瓜饭,才是恒常的日子。前人都这么过来,启程也是这样启程的。他自小就随母亲下地,他的手筋和脚筋曾经受伤,但他的握力和足力,至今还十分有劲。艰难玉成,本意大概也就这意思。启程好些年前离开生地，来上海。好些年了，他改变不了，他和土地的情义不损丝毫。

启程靠篆刻自立、养家，可他不能说是现今或流行意义上的篆刻家。很致命，他其实是个文人。不只是他太有文化的生地滋生着他，他的珩琅山和杯渡和尚折腾着他，还有他与生俱来对文字的颠倒梦想也攻陷了他。他是一个好些年里从事着篆刻的文人、宣城文人或者说是海上文人。他的这本书，他的文字，像是刻出来的。温情、珍重的好文字，挤不进半点虚荣和轻佻。

他是我的弟子，这是我和他的一段尘缘。我很羡慕他早年的那段经历，尽管艰难困苦，但它是中国人数千年来恒常的日子。还有他由此而产生的情感、情义，还有由他的情感和情义产生的文字，都带给了我欣喜和新生面。

尘世里的男人，有三件事大概是要做的，那就是种树、出书和有孩子。种树，是说毕生做一件事。它是男人活着的理由。出书，是男人有关人生的一种交代。有孩子呢，是男人看见了未来，不怕死了。

　　启程出书了，我祝贺他。好凉爽的雨夜，很欣喜为启程的书写序。

2019.9.1

耕　玉

——序吴友琳《耕玉斋诗词》

　　吴友琳是一闻和建融先生的弟子，他从一闻学书法，从建融学诗词。前年一闻和建融先后初度六十，在一闻的寿筵上，他代表弟子致辞，贺词有文采有感情。在建融的寿筵上，他拿了他的诗词来找我，说是"建融先生说的，请您也指正"。这是我第一次读到他的诗词，感觉文辞清丽、雅致，诗人的内心很干净。诗词历来有两种，一种像大海波涛，表达死去活来的内心煎熬，一种是涓涓清流，流露心旷神怡的淡淡哀乐，他的诗词属于后一种。我和他也就见过几次面，但我很欣赏他。当今社会，诗词毫无用处，无用到还不如奢侈品。铁石心肠的年代，哪里还有诗词的地位？可以想见,他也是从浮华中逃逸,在昏昏的灯火下书写寂寞的那个人。他的诗词结集了,邀我写序。我觉得建融先生已经写序,我就不必造次了。再后来,收到了他的一封信,信中又一次邀我。一纸毛笔字清丽、雅致,和他的诗词一样,教我不能再推辞。也就写了这几句话,作为一个诗友的真心祝贺吧。

2010.1.24

渡河的桨声

——序刘永高《东澜集》

　　人生是一次渡河。每个人许多年，寻找属于自己的桨声。庆幸的是，永高在少年时代就找到了。他找到了什么呢？找到了文字。

　　这文字，是中国的。这文字出现的时候，鬼夜哭，天雨粟。鬼夜哭，是因为人有了这样的文字开始料事如神？天雨粟，是因为人有了这样的文字，开始有饭吃了？还不止这些。中国文字，每个字是一个世界，是一花一叶一菩提，中国文字是中国人最初的家园和最后的遗产。中国文字造就了最美的毛笔字，这毛笔字是唯一出自人的内心的伟大艺术。中国文字造就了最美的格律诗，这格律诗是中国人独有的伟大文学。

毛笔字和格律诗就是永高渡河的桨声。

永高与生俱来的仁慈和宽厚，让他与文字最初的相遇，就免不了过从一生。

浦东是永高的故里，他带着属于他的文字，让他陶醉的文字，像桨声一样的文字，渡过母亲河，来到浦西，住了下来。

永高写格律诗三十余年，他写毛笔字不止五十年。直到今年，六十六岁了，他想到要出本书，一本有关文字的书。他想起了河，想起了河的波澜，是从东岸漾起的波澜。他把这本书取名《东澜集》。

这本书关于文字，关于文字的姿态和内核，也就是毛笔字和格律诗。我因此感觉和他很亲近。在这浑然和纷扰的世界里，我也觉得只有文字，只有毛笔字和格律诗，最可以信赖。和文字相对，让人毫无倦意。

文字是什么？文字是天上的星斗，星罗棋布。文字是烂柯山上的云子，棋枰纷纭。永高把毛笔字写得星罗棋布，写得云子纷纭，就像星斗在天空，云子在棋枰。永高把格律诗也写得星罗棋布、棋枰纷纭。这是他心处在高处。在这样的高处，人间的离骚变得波声迢迢，人心的敦厚开始穿越历史。用毛笔字写下的格律诗是怎样的一份奇迹？那是中国人的尊严和从容、静定和激越，是内心的依傍和归处。

渡河，是一种向往，一种前往。河水流过，什么都在改变。文字之桨划过河水，留下了河水的年轮和往事，那就是诗。刻舟求剑，人说是一个笑话，其实未必尽然。船舷上刻下的其实是记忆和感受。渡过河去，重新检点那些刻痕，不是为了找回失落，而是记载曾经的失落。

毛笔字和格律诗同是文字的姿态和内核，或者说只有毛笔字和格律诗才是文字的真正姿态和内核。永高是仁人，也是志士。他写的是仁人字、志士诗。他的字浑身静定，是一种不存私欲，行于大道的字。这字延续的是颜柳的筋骨。他的诗宽宏大量，是一种无关鸡虫，静观沧桑的诗。这字看起来相关王孟，其实即使杜甫也只是这样写诗。逝者如斯乎。历史永

渡河的桨声

远以无言的合理的方式，延续它的进程。就像河水一样，流水接着流水。永高以文字为宿命，自然获得了一颗静定的心，他只是以文字，以毛笔字和格律诗，述说和感想着他走过的大地，见过的人事，读过的奇文和翰墨，还有他的梦想，因为文字而开出花来的梦想。

今夜已经很深，应命为《东澜集》写序，写到这里，内心有些感动。文字，或者说毛笔字和格律诗，在过去的许多岁月里，对中国人来说，很家常。永高如生在那样的岁月，他也就是一个寻常的人。可惜也可喜，他生在那些岁月几乎消失的时候，他成了一种珍贵。珍贵的代价是，原本可以独善其身，现在不得不兼济天下。永高拿什么来兼济天下？他拿出的是《东澜集》。细细读了《东澜集》，我觉得他拿对了。永高让人相信，文字之桨真可以让人渡过河去。

2012.6.26

供奉阳光

——序《楼世芳诗词摄影集》

世芳是我的挚友,二三十年了,依然还是挚友。当初都当记者,我在报社,他在电视台。

他是个内心干净的人,数十年居然没改变,这让我感觉惊讶。在这混沌的时段,这样为人太不容易了。不断惊讶,不断说服自己。唯一的管用的理由,就是江山易改,本性难移。数十年观看世芳,这个理由还真是个理由。

世芳是个内心干净的文人。文人对我来说是个神圣的字眼,我不轻易用它来说事论人,可世芳是文人。他内心干净到充满阳光,单一个共性的理由不够,而文人,就是他个性的理由。

文人是中国人中突兀的人群。说突兀不是说他们乐意突兀，而是他们不得不好像莲花那样，在淤泥中突兀出来。

文人是硬汉，是丈夫。我一向不以为鲜衣怒马、力拔山兮是硬汉、是丈夫。

硬汉、丈夫，是指具有才华和长情，有家国之念，天地之思，忍常人所不能忍，爱众人以仁慈心，多情与壮志并存，慈亲与路人并重的这样的人。而中国的文人就是这样的人。世芳是这样的文人。诗棋茶，儒释道，大悲悯，大欢喜，他都心之所至，不能自已。

做了文人，很难避免劫难。世芳未能幸免。庚寅年一百零八天南冠之厄，最终因他内心的干净而重见天日。

文人不抱怨命运。家国和天地的命运，抱怨毫无意义。文人感伤命运，文人正是为了感伤命运，才把自己的内心供奉在阳光之下。

世芳让我钦佩。他是这样的文人。

这集子六十幅摄影，六十首诗词，是世芳年届六十的一个数字惦记。

古人说文人的行藏是：行万里路，读万卷书。世芳这集子，他的摄影，说到底就是行的路，他的诗词，自然就是铺开他内心的书了。

摄影对世芳来说，是他干净和阳光的内心的无数次坦承。摄影是有许多技巧的，许多摄影者大都沉湎在技巧里。其实，摄影哪里是技巧，在家国、天地跟前，再多的技巧都是枉然。世芳注定是直面家国和天地的文人，他的摄影在他可能还觉得不安的时候，已经把家国、天地永远不安的内质，静静地展现在那里了。

诗词对世芳来说，是他最初和最后的文化身份。文人的宽大和静定的内心，创造出了属于世芳的诗词。世芳是当今诗坛为数不多的，经历了辉煌和劫难的诗词家。他的诗词，放射出充满在他内心的阳光。那种明媚，那种壮丽，正是他可容庙堂之高、江湖之远的眼界和胸次，正是他阔大静美的诗的景致和情意。尤其是，他在那段羁留关外的日子里所写的诗篇《庚

供奉阳光

寅纪事》，无论诗词的境界和气韵，都抵达了当代诗词的千峰之上。还有他的《凤凰台上忆吹箫》十二首词，将和所吟唱的松江十二景一起，留在当代诗词的史书上。

那年，我读了世芳的《庚寅纪事》，曾和了三首，此刻录在这里，纪念友情，纪念往事，也纪念一个文人的家国之念和天地之思：

其一

旧地重来雪满途，征辽往事忆须臾。每传樊哙争牛耳，谁解信陵偷虎符。

诗外还看真剑胆，刀边但惜好头颅。老归大泽孤蒲畔，直似松江半尺鲈。

其二

天不欺人马识途，雌雄荣辱一须臾。淹留关北铁窗雪，见换江南桃木符。

三百战余无胜帅，五千里外远行颅。当时梦觉心先冷，别有天涯滞此鲈。

其三

莫许黄昏再问途，斜阳山角待须臾。猴桃鹿乳偶相得，玉带芒鞋俱不符。

无计水寒伤马骨，有闲春困枕牛颅。到乡已是明年事，遥听松江唉喋鲈。

我的挚友世芳的摄影诗词集即将问世，欢欣之余，谨以为序。

癸巳四月下浣

（2013.6.6）

却顾所来径

郑重先生长我十六岁。十六岁，应该是一代人的时光。他是上海《文汇报》记者，我是《解放日报》记者，我们是同行。郑重是我前辈，是我敬重的前辈。

数十年前，记者的人生，是和正义、公道连在一起的，非同寻常。如果是大报的记者，而且是公认的大记者，譬如郑重，他的人生，更是有些神圣了。当年，他写过一首《鹧鸪天》词，赠给某煤矿报的记者，首句是"同为天涯记者身，相逢一面亦前因"。我想，年过八旬的郑重先生，在回顾他平生事业的时候，他仍会认可他人生首要的身份是记者。或者说，我会认为，他人生的首要身份，应该是记者，而不是文史专家、收藏鉴赏家、作家等等。

现世的文化人，大都是专门家，少有文人。专门家和文人，两者之间的区别，不只在于学问的专与博，还在于眼界和心境不一样。先秦和民国时期，社会变革，出现了大批推动历史进程的伟大文人。他们眼里和心中，历史是长河，中国是大树，有关长河和大树的所有真面和细节，他们都力求了然于胸。为此，千年、百年过去了，他们的作为和文字留了下来，成为中国历史最重要的部分。

现世中国少有文人，可能和现世的教育和社会分工过细有关。而记者的人生，无碍于社会分工，成为文人的可能性很大。郑重是记者，也是文人。很庆幸他有着数十年前几乎神圣的记者人生。他是政治家的座上宾、艺术家的忘年交、科技发展的见证者、专家学者的同道、文物书画的收藏和鉴赏者，还是走遍天涯的行者。正是这样的人生，让他有机会洞察社会的各个阶层和领域，非常出色地以他的热诚和睿智、正义和公心，还有他客观和精辟的文字，记载了他的思考和策论,保存了他所经历的那段历史的真面和无数细节。我认为,最有价值的文字,应该不是文学,而是策论和有关历史的真面和细节的记载。历代的中国文人都看重和实践这样的文字,而郑重数十年来写下的,也正是这样的文字。

郑重是一个完美度很高的中国文人,他的古典诗词也写得好。耐人寻味的是,郑重的诗情从未休止,而他的诗词,数十年来却秘不示人。为何秘不示人?想来是因为诗词和他见之于世的文字不一样,虚怀和实录不一样,修为和济世不一样。他骨子里是记者,他喜欢让读者看到他的文字,是客观和精辟的。在这里,要感谢祝君波先生,是他极力促成,才让我们有机会读到郑重的诗词。

郑重行万里路,吟万里诗。南非歌行、大西洋题句、核反应堆旁看李花、蜀中访高通量反应堆、青衣江检石、去酒泉卫星发射基地、夜过乌鞘岭、涉故台陈胜吴广揭竿起义处、虞姬墓怀古等等,都是他独有的诗题。至于他的题画、赠人之类的诗词,更是他人生的题中之义。斟酒开卷的惬意日子，哪里藏得住诗情？他是谢稚柳和唐云先生的忘年交、知交。谢、唐都是极好的诗人，谢的蕴藉、唐的俊爽，他是谁学得多一点呢？我看是学谢多点。谢诗足具唐人气象，郑重看来更喜欢。

话说到这里，再来说郑重的书法。书法是什么？书法说到底是，用含有深深情感的毛笔字，写出自己的深深情感来。没有比诗词更能容纳人的深深情感了，所以中国文人，总是用毛笔字，写着自己。郑重自然也写，他用毛笔字写他的深深情感、他的诗词。而这样的毛笔字，正是书法的本相。和现世以探讨字的构架、排列为宗旨的书法，不是一回事。从这里说开去，大家就可以看出郑重书法的好处来，会感觉他字里行间深深的情感来。郑重收藏着不少前人的字、好的碑帖，甚至是碑的原石。他沉浸在这样的氛围里，已经数十年了。可以说，郑重的书法，有着它来时的路。还能感觉到的是，郑重的书法观和书法，一定受过谢稚柳先生的亲炙。这是心相通，习相近吧。

在通往书法殿堂的山路上,我望见郑重先生远远的背影,尽管他的脚步有些蹒跚,但他已经登得很高了。"淞滨飞来诗一卷,故人心迹出琼瑰。"郑重赠人的佳句和墨迹,同时写出的,正是他自己的心迹。

戊戌端午作

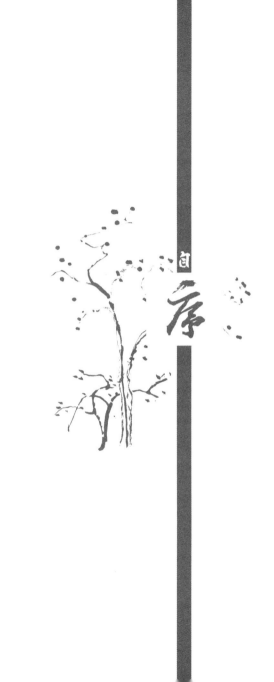

自序

．

美意朦胧

　　人类和宇宙之间,最具亲和力的,是文字。说宇宙因为有了人类才是一种存在,不如说宇宙因为有了文字才是一种存在。说人类因为想念宇宙才有了生命的意义,不如说人类用文字想念着宇宙,才使人类自己生动起来。文字是如此地简易,简易得只是一些点画,可就是这些点点画画,让时间成了过客,让空间成了虚设。文字讲述着人天之间的真实和诗意的许许多多的事情,而且把这些事情讲述得遥远和悠长。

　　我无与伦比地喜欢文字,而且很庆幸我与生俱来地喜欢文字。在我年轻的时候,猛然觉得有一个人和文字一样美丽,我忍不住对她说,将来我会写出美丽的文字,丝毫不比她逊色。可惜她很遥远地走去了。

因为在青灰色的城市里，所有的美丽都已不重要。之后我也写出了父亲的背影，可惜父亲已经苍老，他只是含着笑看看变成了铅字的文字。因为在我们这个国度，铅字对一个老人来说，远是一种神圣。之后我把文字写给我的孩子，孩子不以为然。因为在他眼中，文字如果美丽如花，还不如面对鲜花。于是文字放逐了我。文字让我孤独起来，不过让我孤独得充分和圆满。因为文字让我沉湎于大宇宙，并有机会拥有大宇宙。

1996.12.30

九　人

写文章，写到后来，觉得写人最有意思。唐宋八大家的文章再好，好像还比不得《红楼梦》。也所以现在的小说，大大金贵于散文、诗歌了。就因为小说写人，虽然太多的小说看起来好像什么人也没写。写人确实有意思，大约近二十年前，我写了一篇许锦根，感觉真好，到现在想起来也有很好的感觉。两三年前，心血来潮了，便一连写了些人。当然，不是写小说。一来好像生来与小说无分，还有就是常常感觉人够精彩的了，何必还要山西山东、河南河北，满天下去找嘴、找脸、找衣帽、找把式呢？于是简简单单，就写一撇一捺的一个个站在了那儿的人。人写多了，就想让他们聚在一起，好的办法是住在一本书里。人家写小说的本事大,会让数十上百个人都有了因缘,我不行,只能让他们各自入住,就像现在的小区一样,大家不来往,虽然住在上下左右。私下以为这样更自然,乾坤一街坊,想都认识三百年也来不及。那么让几人入住呢?想来该是九人。先辈传下来的,九在中国人的辞典里是最大的数。也就是说,九,可以读作所有,一本薄薄的书,可以读作所有,对读书的人来说,岂不是一种福分?于是凑成了九人,现在可以在这本书里读到的这九人。这九人应该说在我的内心都刻下了不会消磨的深痕。也有一点遗憾,就是原先想在九人中有我妹妹秋萍,最后还是没写。因为不知该怎么写。我妹妹是我这辈子最怜爱的女人。小我三岁,可就像我的侍女,照顾了我三十年,直到我有了家庭。看起来有好日子了,她得了病,无法医治的病。这让我感觉到了天意,我家这么卑微,怎么可以出一个会写文章的人呢,得用命去换啊,竟然是妹妹去了。一抹枝条上,结了我和妹妹一个果子、一朵花,枝条太细,太小,果子成熟了,而花只能凋谢了。妹妹去世的前一天，我对她说：你好好躺着，外面来来往往的人，真正很开心的人也不多。妹妹对我笑笑，她到死也不让我难过。在她的墓碑背后刻着我写的两行字："别来已非故我，梦里总是朱颜。"没有三年，我已经老了，妹妹一定会感觉到我不比从前了。然而，我一直想念着我的妹妹。为着这一抹小小的枝条，为着凋谢了一朵花还悬着一个果子的人世间太过平常的枝条，我会饱饱满满、明明亮亮地活着，我是为那朵花、为我妹妹活着，也为让上苍看看，一朵花凋谢了，她的那份美会活下去，就像人的思维一样，美也是一种物质，永远不会毁灭。

二〇〇三年七月

文博断想（一）

那年在秦安，听当地人把"我"和"我们"，称作"曹"，"你"和"你们"称作"刘"。譬如说"曹走"，说"刘去"。秦安边有祁山，诸葛亮六伐中原便在这儿进兵。秦安这一边是魏，曹操的地方。时间过去了大约两千年，当地人仍然这么说，不会是因为敌对，也不会是因为地域，我看是只因为这魏的精气神了。魏大气、开阔，和蜀的灵气、奇肆，这么不同，不同到可以相映成辉。

就像中西文化，我是中国人，实在景仰中国文化，我在本书中所表达的，其实就是这种出自内心的景仰。世界趋向大同，也同"曹刘"一样，中西文化，也因为有自己的模样、心肠，同有活下去的理由和力量,因为相映成辉的前程,这样想来,那年可真没白去秦安。

壬午九月于海上凤历堂

文博断想（二）

　　1995年，我受命创办《解放日报》的"文博"版。创刊号上，设了"文博断想"这个专栏，写了第一篇文字。后来每期一篇，一直写了下来。中间也有几期没有的，是因为同期另有我写的文字。还有偶尔失缺的，那是意外。譬如有次是游历在外，交代不周，没登。有次是我妹妹去世了，没写。这个专栏的文字，以前也部分出过册子，这次是出全集，预想是出三卷。现在先出两卷，是1995年到2007年的。今年到2011年的是第三卷。2011年，我六十岁了，不再编"文博"版，也就不再写"文博断想"了。本书所有的文字，只对当初见报时出现的笔误和失校，予以改正。我是一个只会写文字的人。能参与编辑《解放日报》，还能在这张报纸上，连续十几年写一个专栏的文字，就我而言，是绚烂至极了，内心里只有"感恩"二字。我写的这些文字，让我面对许多文物、许多前人，走过万里，走过千年，不知是否让我明白许多事、许多理？写文字的人，会因为自己写的文字变得高尚和智慧起来。对此，我心向往之。"文博断想"专栏的读者，近在眼前，远在天边。就是这样会心的读者，挤出自己的光阴，年复一年地读着一个陌生人写的文字。这世上所有的东西，都会日久生厌，有可能例外的，只有文字。我的文字呢？这回出全集了，想起读者，我忐忑不安。

2008.1.13

文博断想（三）

　　说到河流，先要说到的自然是黄浦江，我的家乡河。父亲自小自故乡来上海，开始了他的人生梦想，也让我实实在在地生在了黄浦江边。黄浦江并不年轻。"黄歇开渠吹海水，秦皇望海踏云烟"，我这两句诗，是在看过了关于黄浦江的史书后写就的。只是黄浦江的伟大，不在它的苍老，而在它近百年间拥有的一种不平凡。离我家一箭之遥，有一幢两层楼的小屋，曾经住过两位年轻人，周恩来和邓小平。沿着黄浦江走一段路，那儿有鲁迅、茅盾当年的家。还有中山先生的故居，一幢当时由华侨赠送的小楼，至今珍藏着新纪元的阳光。一个从未跨过黄河的北方孩子，在一个夜晚见到很浏亮的黄浦江，对我说："这么窄的一条黄浦江,竟然有那么多的故事和人物。"这就是我家乡的河,一条会在我梦中流到永远的河。

没见过太多的河流,可我相信富春江是世界上最美的。富春江的美,并不是它有谢皋羽和严子陵,而是在它和由它养育的郁达夫,竟是如此相近相似。郁达夫没有让人目眩心折的伟岸,可他有一条有着悲怆底色的透明的生命。人不只是为了撷取倍乐才来到这个世界的,人是为了体验一种不长久的生的美丽才活在这个世界上。就像郁达夫,凄楚和他与生俱来,美丽也和他与生俱来。也像富春江,让人心碎的碧波和青山,美丽和凄楚是那样不可分离。它是世界上最美的河,一条让我永远珍爱生命的河。

想不到在我道不清的哀乐中年,竟然在天末陇头见了渭水,见到渭水流到了黄土高坡的深处,被称作了"陇水"的那一条禁不住要为它匍匐的河。陇水边,秦始皇的祖先曾经放过马,唐太宗的祖先在这儿安过家,飞将军李广在这儿出生,据说大诗人李白也是陇水边的成纪人。还有写了《水经注》的郦道元,少年时随他为官的父亲,在陇水边看过了十多年的潺潺流水。而他被冠之以《水经注》的文字,也和陇水一样,至今生动如水。陇水边的大地湾遗址,还让伏羲的传说成为史书。"人从太皞始称尊,陇水之边昔有村。半世不知身是客,今来才觉到家门。"写下了这首诗,也就记住了这条河。这一条中华民族母亲河,平生见一面是万幸,哪怕不见一面,它也永远无言地流淌在我们的心海里。

1997.7.15

凤历堂题记

　　凤历堂是我书斋的名字。之前找过好些斋名，譬如黄喙无恙草堂，因为小孩当时多病，取黄喙无恙四字，为自己的孩子也为相关的和不相关的所有人祈福。人说白了，就是天地的孩子，而且一生都担待着许多困难。曾请王个簃书写这个斋名，先生一下写了四遍，让我挑，其实哪遍都好。我肖兔，又想出了龙前虎后斋，兔小，可有龙虎前呼后拥，自然就有些名贵了。这回请程十发先生写了，先生写了两遍，在一张纸上。这位随心所欲的高人，写的两遍，竟然极其相似。后来碰到曹可凡，他也肖兔，比我小一轮。就把那张纸裁开，给了他一遍。他喜欢，而且常用了。见到了黄永玉先生，请他题个斋名，先生想了一会儿说：

二月巢。二月是鹏的形体，巢是栖鸟了。几年后，又说起，先生说给我家的一个小房间题个名：羊角。翻动扶摇羊角，大风呵，也和鹏有关。顺着先生的思路，想到了鲲斋、昆鱼堂，昆有浑同的意思，自己浑同于一条鱼，很有意思。再之后就想到凤历堂了。凤和鹏字，古时候是一个字；历呢，简体了，分不清日历和经历两个"历"了。经历的历也好，在生栖的地方经历着自己；而日历的历，可能更有意思，凤历是天时的意思，大部分人生过去了，感觉到天时最可以让自己琢磨成一个人样来。之外，还有我孩子少文随心写下的寄园，生命如寄，说得白了些。还有请刘天暐书写的银杏书屋。故乡陈家村口有棵年纪很大的银杏，它是我对故乡的唯一记忆了。最近听说，这树也因为人事的不慎，已经故去了。最古老的生命也会丢失，还有什么不会消解呢？刘天暐写了，写得很美，可我的心和梦都不完整了。由此，还是沿用着我的凤历堂。

再说题记。中国人，更多的就是随手写下一些零零落落、枝枝蔓蔓的文字。这文字，在中国人是见惯，也是见重的。因为中国人明白真理不完整，情意也总难完整，不完整的情、理，怎么能完完整整地去讲述呢？所以孔子、老庄留下来的文字也只是这样的枝蔓零落。这枝蔓、零落以气贯通，串联成中国人的文字，司马迁一气可写上百句，韩愈不过五六十句了，到了苏东坡二三十句了，而我们三四句，一二句，也应该满足了。这文字读起来，简单、浅显，而就是这简单、这浅显和人间的情意、真理一样，不完整，因此很美。我想历来的题记，就是这样的文字，我希望我的题记也能这样美。我也更喜欢用毛笔来写我的凤历堂题记，因为这个世上，好像只有毛笔，更能讲述中国人内心的东西。

甲申五月

凤历堂题记

凤历堂尺牍

大概是去年吧，看到了一个明清尺牍展。因为这个展览想起了过去，也记起了书法的本来面目。

尺牍是什么呢？尺牍就是尺把长的木简。因为古时候毛笔字写在木简上，尺牍的意思就是书信，自然也包括公文甚至帝王的诏书、臣子的上书之类。这是尺牍的原意。尺牍还有的意思就是"文辞"和"墨迹"了。这是就尺牍的内涵而言，也就是尺牍的审美意义、艺术境界了。而这就是历来的书法，就是到今天已经尽情扩展为大幅张扬的所谓书法，应有的审美意义和艺术境界。历来的书法作品大抵就是尺牍。擘窠大字，摩崖石刻，是碑的一部分。就包括碑帖在内的整体书法范畴而言，尺牍是主体，是书法的本来面目。二王，颜柳，苏黄米蔡，都是。那个明清尺牍展，可见明清两代的名士、文人、英雄、美人，文学家、书画家，还有重臣、名将，隐士、和尚，各色人等，都留下了尺牍。他们在世时，都离不开尺牍。毛泽东是大书法家，他的书法也是尺牍的形式。甚至"人民英雄永垂不朽"的题字，也是用长锋紫毫写在信笺上的。因为他的字好，气度非凡，所以可以放大，而且放大了也很美。尺牍是讲究文辞的。书法艺术之美，离不开文辞之美。这在明清尺牍展上，可以领略。明清的尺牍，文辞到了圆熟、精纯的地步，尺牍是当时人们生活的一部分，是生命感觉的重要载体。尺牍带给人们的倾诉可能和心灵愉悦，是中国人独有的。从明清往前看，尺牍的文辞更美，那时更自然，更尽兴。书法家的头衔，好像那时候的人们，并不挂心。然而就是他们，留下了《平复帖》，留下了《丧乱帖》《鸭头丸》《苦笋帖》，留下了尺牍上的美名"羲之""怀素""轼"。尺牍的又一个命相是"墨迹"。墨迹自然是书法的本来面目，只是我们一直面临着两种面目。譬如颜字，我们面临着颜真卿字帖，和颜真卿尺牍。字帖里的颜真卿，每个字分别被围在井栏里，每个字都单独站立，都可以单单依靠自己站立。尺牍里的颜真卿，譬如《祭侄稿》，内中所有的字，悲伤地团聚在一起。它们不可分隔，它们甚至不能单独存立，因为单独了，就不再是《祭侄稿》，而只是某字了。甚至有的字还不能单独围在井栏里，这些字可能是坐姿可能是卧态，还可能是一种踉跄、一种匍匐，一种搀扶，一种失措。它们只能团聚在一起，才各得其所，在字帖里只是流离失所。于是问题来了。这两种颜真卿，哪个是书法意义上的颜真卿呢？当然是尺牍里的颜真卿。字帖里的颜真卿，只是学颜字的"芥子园画谱"，尺牍里的颜真卿，才是真正的颜真卿。真正的颜真卿为文辞找到了最美的书写形式，也就是真正美的墨迹。墨迹的得意和悲伤，拘谨和放浪，等等，等等，都由文辞决断了。到这个分上，墨迹不仅是书法，更是具有独特面目的文学。

历史很会开玩笑。当书法实用的时候，书法成了艺术。而当书法只剩下艺术功能的今天，书法却不再艺术。但是，一个民族的文化成果，终究不会消亡。大量和上好的明清尺牍，被那么好地保存了下来，应该是个明证。这个集子，是我，一个活在当代的人，战战兢兢地写出的自己的文辞和墨迹。这个集子所用的仿佛很古老的尺牍形式，它所有的意义，或许对谁而言都不存在，可我真的很在意。

写在丁亥春朝

陈注唐诗三百首

我从小喜欢翻书，但无常性，又不求甚解，没一本书是翻完的。家里书少。翻来翻去，翻得最忙的就是《唐诗三百首》了。今天我还相信，因为它，我的少年不孤独。眼睛一眨，五十多岁了。有什么还该报答的呢？想到了它。感觉该把翻它的心情捡回来。于是又翻了。三年，捡完了。编在了一起，说是"注"。"一点心存捣药香，唐诗三百梦排场。他生重检陈家注，记得今宵月过墙。"蘅塘退士也是辛卯生人，算来早我二百四十年。

丙戌秋于银杏碧桃斋

北溟有鱼

庄子说，北溟有鱼，名叫鲲，是极大的鱼。据《山海经》说，鲲其实是极小的。因为小，之后化为大鸟，就见得奇诡了。可见庄子胆小。我生来担有大鸟名，还是明白《山海经》的，因为《山海经》说得真切。生来到今，这鸟还是这鱼，还在北溟里。

陈鹏举辛卯前一岁五月初九

风流人物

这个专栏,拟定名为"风流人物"。

风流人物,原是有定义的,是说那些不平凡的人。这里得说上几句,说出它的另一种意思来。"风流"两字没异议。"人物"两字,不但是说"人"了,而是说"人"和"物"。"人"之所以有点意思,一直以来,都是和"物"有关的。

拿破仑带着他的队伍过阿尔卑斯山,看起来他真的很伟岸。其实,不是他长高了,而是他有队伍,更有托起他来的阿尔卑斯山。"万里长城今犹在,不见当初秦始皇",说得气派。可又有谁想过,如果秦始皇没修长城,议论见不见他还重要吗?而且连这句话也不会有了。可见人和物连在一起,才成了人物。

前几天从咸阳机场去西安,夜色中先后见到"未央""曲江"路牌,萧何、韩信、吕雉,还有玄宗、杨氏姐妹,这些人突然都想起来了。汉家的未央宫,和唐都的曲江流水,这些已湮灭的物,曾经和风流的人连在一起,以至到今天好像还在。还有些更诗意的人和物。杜甫流落秦州,依然想着他的好友李白,写下了他的名句"渭北春天树,江东日暮云"。那年春天,我到了渭水北岸,还真见到了树。那树的枝干极为清癯、有力,就像杜甫。在树边回想到江东,那朵平素见惯的黄昏的云彩,不禁想象出了李白,一个纯粹和飘逸的李白。

还有许多看似不经意产生的物,却留下了许多人的欢乐或悲伤的心的温度。曹阿瞒题过江流中的一片石。读石上的"衮雪"两字,可以逼近这个汉魏大风流的人,感觉他少有的刚毅和通脱。李清照弹过的一张琴,琴上还留有她的一首词。这个宋代的女词人,她的高华和才气,在那张琴上,是真切到家了。颜真卿和他写的祭侄稿,黄公望和他画的富春山,相互映带,彼此造就。祭侄稿里,可以读出那个伤痛不已的大丈夫颜真卿。富春山居图里,黄公望的画家命相,让读它的人都能算出来。

还有,地震后幸存的青花瓷,古寺边飘落的菩提叶,这人案头"宜富贵"字样的汉砖砚,那家院中亭亭玉立的太湖石,今世难见的尺八箫,惊鸿一瞥的宋汝窑,林林总总,万类风霜,都教人挑灯斟酒,经不住相看永夜,感想来世和前生。

人和物这样密不可分,和前代风流相关的物,也就是文物了。文物包含许多方面,更觉动人的该是风流人物的心痕手泽,和曾经陪伴左右的金玉木石。还有是无名的大匠,留下的他们年代的足以通灵的物,延续中国人与生俱来的精气神。我们出生太晚,也交游不了多少前辈风流。于是,经过眼和手的物,曾在和还在的物,便是我们感觉人间、感觉来世和前生的最美的机遇和福分了。

自然,物说到底,也是附丽于人的。说物说到底,也就是说人。这就是所谓"风流人物",一向以来,都是被理解为"人"的缘由。这个专栏所要写的,就是通过那些过眼过手、曾藏仍藏的物,说说人。从那些物想见那些足以心仪的、有名或无名的大风流的人。以此,让天底下许多相通的心,都有机会沉浸在风流人物的美好里。

2013.12.26

作　俑

　　很早读到鲁迅的《故事新编》，喜欢。特别是其中《铸剑》一篇，神一样的文字，更喜欢。几十年后，我也仿着写了。

　　古时候的历史，真相原来就少，留到现在的就更少了。司马迁的《史记》，人说是史，我看不是。鲁迅称赞"史家之绝唱，无韵之离骚"，也没很认它是史。它写到的鸿门宴，与宴者的神色言语，极像是整理了录音和摄像记录的。不然，就不如鲁迅的《故事新编》了。眉间尺之类，说是真相，不好说。说不是真相，倒是真难说。我是信它真的。

　　仿写了，真的很快乐。《摔琴》最先写。我一直觉得，钟子期也没听懂伯牙，高山流水之类，未必是伯牙的原意,可是伯牙认他为知己了。知己是有资格的,钟子期有资格。《献璧》说的是,著名的和氏璧其实有瑕疵。这感觉似乎还找得到佐证。后来,蔺相如抱着和氏璧去见秦王,秦王看了,爱不释手,竟忘了要拿城池交换的约定。蔺相如说了一句著名的话,意思就是和氏璧有瑕疵,他愿意把它指出来。秦王愣了一下,很快让和氏璧回到了蔺相如手里,给出了完璧归赵的机会。秦王为什么会愣?可能和氏璧有瑕疵,他是有风闻的。

接着又写了《巡西》和《作俑》。前一篇是脱胎于唐人李商隐的《瑶池》七绝,这样的美丽文字,每每想起来,都会喜极而有泪意。后一篇自然是震撼于地底下的秦皇兵马俑,写到的工匠,他们的名字都是刻在俑上的,可查。

写了以上四篇,感觉气力泄了。有半年不再动笔。《追日》一篇,是想借夸父的元气,复苏过来。

又过了数月,接连写了之后的四篇。《造字》写仓颉。曾经见过一叶花笺，民国的，印有二十来岁的徐悲鸿画的仓颉像。对着仓颉的两对眼睛，看了一会儿，竟眼花头晕了起来。于是猜想，仓颉看过来，可能失焦得更厉害。《击楚》写宋襄公。也不知怎么就想起他来了。也不知怎么就感觉他不蠢了。之后是《窃符》，出现的人物比较多，是个比较复杂的故事。和《窃符》同时写的《填海》，人物是最少的，故事也最简单。

今晚数了数，九个故事了，可以凑成一本书了，感觉有了告一段落的理由了。

自我编排起来，发现了一个好玩的问题。九个故事，写了大致一年。除了《追日》，其他八篇，都写在六七月，而且都是在六月开笔的。我出生在六月。是不是出生的那月份，总是这个人一年中元气最饱满的时候呢？我真有点相信。

说了写的时间，还得说写的地点。这些篇文字，都写在松江华亭湖边。松江是我的外婆家，我的文字和心肠，在这里获得了眷顾。万憙楼是我的斋名，我

作俑

把这些篇文字，称为"万憙楼小说"。如果以后还写，就是卷二、卷三了。

2014 年 7 月 3 日序于华亭湖边万憙楼

鲈乡笔记

人和人不一样。有人喜欢将来，我喜欢过去。生在了上海，这个没有很多过去的地方，我一直感觉陌生。曾想过自己血脉的来处，爷爷的舟山，还有外公的香山，终因极少或全无记忆而不再想下去。

好在上海在成为上海之前，还是有甚好的过去的。那就是松江，又名"华亭""云间""五茸"和"谷水"。有个极好的典故：莼鲈之思。莼不只松江有，鲈呢？是以松江这地名命名的，而且是唯一一条以地名命名的鱼。松江，该又名"鲈乡"了。

鲈乡是我外婆的家乡和生地。记得获知的那一刻，一种与过去相见的欣喜，难以言说。

前年，我有幸在这儿创办了华亭文社。我的来自各地的许多文友,都喜欢过去,都有莼鲈之思。感谢他们,不顾舟马劳顿,都把心一一交来了。

去年暮春,老母身体欠安,陪她住在了这儿。阳光、空气和水分,都比城中好,她也慢慢精神了。毕竟九十多岁了,也就多住了时日,住到了开春。

离开了城中,人烟也是淡淡的了。才发现自己也是余生之年,无多少必要,在城里奔走,和他人较量了。

水木云泥之间,一下子释然、安然了,所剩的也就是和自己周旋。淡淡的时光里,听到了自我的干扰,还有自我的宽慰。很庆幸自己会写诗,也就诗,能包涵纷繁不定的心思。这些心思,差不多一年四季里,被时不时记下来了。后来一数,竟有了百多首。

华亭湖边宜居,宜人的时光也充足。去年初夏吧,想写文章了。想把自我的干扰和宽释写出来。怎么写呢?那些诗突然闪耀了起来。也就顿悟了,追着那些诗的行迹,一篇一篇地写起来。写到昨天,总共四十九篇。

今夜写序，以此结束。记得写第一篇是在雨夜。今天是中秋，竟也是雨夜。

喜欢读《小山词》。晏几道，号"小山"，缠绵悱恻之人。去年岁末读了他的词，写了几句，不想还预支了今夜的心情：

"小山心事到头难，燕子双飞顷刻欢。终古彩云千阕暖，当时明月一身寒。鬼神莫泣龙文字，风雨犹闻凤吹弹。泽畔半间松竹屋，落花人契紫丝栏。"

小山写他那首有名的词，是不是真有燕子、彩云和明月呢？还真不清楚。伟大或委婉的心思，看来注定会惊风雨、泣鬼神的。亲爱的读者，你可知道？今夜，我在华亭湖边的，自以为有松花竹影般清简的小屋，写着有关鲈乡的笔记。秋雨里的落花，无上清凉。案前八行笺上的红丝栏，有了年份，渐渐蜕成紫色。小山一般的心事，还是难以下笔，难以成文。心事，到语言，再到文字，中间的路究竟有多长？我真不知道。

曾有好几个斋名。如：黄喙无恙草堂、凤历堂、龙前虎后斋、蓑笠之舍、万意楼头、古椿书屋。写完了这本《鲈乡笔记》，又想到了一个：樗斋。樗是无用之木，无用的好处，就是没人在意，好端端地活在那里了，哪怕是八千春。我以它作斋名，不是虚心，是心虚。是还无用本相，自然也窃喜能好好活下去。

欣喜黄永玉先生给题了樗斋，落款是："丙申中秋"。欣喜未已，秀才人情纸一张，写了两绝句奉谢：

"约赏京华十八鳞，到今俱是烂柯人。多情题寄樗斋额，契阔烟尘又数春。"

"累年两处过中秋，永夜冰轮不似钩。梦载五竿舟一叶，无愁河上满新愁。"

曾经相约去万荷堂观鱼，观看身子两侧各有九片大鳞一连排去的奇异的鱼、有个出彩的名字"十八鳞"的鱼。转眼里，这约已是陈年往事，你老和我都像是烂柯山的观棋人了。喜出望外，收到了千里递来的奕奕手泽。山高海阔的离别，屈指算来又有好几年了。

不免要落款中秋。这么多年，都是隔着千里过的中秋。天心的中秋月，是圆的。见与不见，也是圆的吧？你老的无愁河里，有我这一叶扁舟吗？载着潇湘雨、沱江月,还有载不动的春秋和哀愁。

说是写序,不知怎的写成了这样。

2016.9.15

丁酉诗话

近十年来，应该是年纪上来了，记忆力减退，注意力也大不如前。经历的人事，记忆大抵是朦胧的。很好的细节，即使当时注意到了，还感动过，过后也多忘记了。看来十来年前医院的诊断是对的，说我大脑退化明显。幸好由我中医朋友精心守护，落得这么个现状，很可以满意了。

百无一用，也就写点晴朗的文字，风雨无阻。记忆和注意力都不行了，写体量简短的旧体诗就多了。近十年了，回头一看，竟然每年有几百首，差不多万字。才知把写诗当成写日记了。

鸣华是"夜光杯"值得尊敬的编辑。无论纸媒如何飘摇，他只管守着他的三分薄田。我做了他的常年作者,很努力地开过好几个专栏,每月一篇,甚至每月两篇。还每次结集出本小书。鸣华很早说过,做编辑大抵是悲哀的,编辑的朋友,大抵是作者,最好作者文字好一些,不然哪天文字登不了了,朋友也没得做了。我也是编辑,也知道有这种悲哀,自然很珍惜他这个同道。

重温旧文,不难发现,我的文字是越来越依赖旧体诗了。譬如上一个"鲈乡笔记",还有这个"新吟附记"。"新吟附记"共五十篇,这回结集成书。我想把书名改成"丁酉诗话"。

这五十篇文字,都是由丁酉年写的一首或数首旧体诗开头。全文呢? 也就是把诗里曾经的意思,用白话文尽可能地再说一遍。这年写的诗,从大年初一到除夕夜,也有三四百首吧? 挑了其中的部分,依着鸣华要求的每月两篇的节奏,从丁酉年惊蛰前动笔,到戊戌大雪前,共写了五十篇。大年初一和除夕夜,一头一尾写的旧体诗,也都写到了。

有两部分诗,没写到。一是写我母亲的。母亲丁酉故去,顷刻间,写了好些悼念她的诗。所有的文字里，只有诗，可以语无伦次。这些诗，当时在了那里，可怜后来的我，再也没有能力，回到那里去。二是长相思词。最初几首，是和僧家酬唱的，之后一连写了六十首。去留梦寐，人生何似？人在天地之间过于独立，也过于无助。说不清的长相思，不好说，不如留着。就像雪色如月的夜里，严实了窗帘，埋进被窝，蒙头大睡的我，无梦地活着。

见过黄永玉写的一副联："词赋须少作，风情留有余。"这联是黄苗子从前人的诗句里化出来的。意思大概是，诗让人伤心裂肺，又让人不知所云，少写为好。人间的风情呢？是要小心呵护的。所幸的是，它用之不竭。这联见了就在我心里了。它说的少和有余，我都承当着。

到了我这年纪，花两年时间，整一本小书，自以为值得祝贺了。不知读到本书本序的人们，会不会祝贺我？说真的，我很期待。

戊戌冬月初八

陈鹏举诗词

　　予，陈姓，名鹏举，字凤历，号辛卯生，晚号樗斋。祖籍甬东干览陈家村。生于海上。少，目力不济，视书甚或止于诗，所制亦多为诗。丙寅年结《黄喙无恙集》。后于冷摊得此集，全集由无名氏批阅，指正韵律失误，甚详。薄尘承恩，深以为幸。二十年过，新结十卷，亦望众家赐教耳。

戊戌冬月

图书在版编目(CIP)数据

序与自序/陈鹏举著.—上海：上海三联书店，
2020.7
　ISBN 978-7-5426-7076-2

　Ⅰ.①序…　Ⅱ.①陈…　Ⅲ.①序言–作品集–中国–
当代　Ⅳ.①I267

　中国版本图书馆 CIP 数据核字(2020)第 097103 号

序与自序

著　　者／陈鹏举

责任编辑／吴　慧
装帧设计／徐　徐
监　制／姚　军
责任校对／王凌霄

出版发行／上海三联书店
　　　　　(200030)中国上海市漕溪北路 331 号 A 座 6 楼
邮购电话／021-22895540
印　　刷／上海展强印刷有限公司

版　　次／2020 年 7 月第 1 版
印　　次／2020 年 7 月第 1 次印刷
开　　本／787×1092　1/32
字　　数／162 千字
印　　张／12.875
书　　号／ISBN 978-7-5426-7076-2/I·1638
定　　价／52.00 元

敬启读者,如发现本书有印装质量问题,请与印刷厂联系 021-66366565